U0535352

心系巴基

陆树林　著

五洲传播出版社

图书在版编目（CIP）数据

心香花环/陆树林著.—北京：五洲传播出版社，2023.6
ISBN 978-7-5085-5028-2

I. ①心… II. ①陆… III. ①诗集－中国－当代 ②散文集－中国－当代 IV. ① I217.2

中国国家版本馆 CIP 数据核字 (2023) 第 022723 号

心香花环

著　　者 / 陆树林
出 版 人 / 关　宏
策划编辑 / 高　磊
责任编辑 / 黄金敏
设计制作 / 北京原色印象文化艺术中心
出版发行 / 五洲传播出版社
地　　址 / 北京市海淀区北三环中路 31 号生产力大楼 B 座 6 层
邮　　编 / 100088
发行电话 / 010-82005927, 010-82007837
网　　址 / http://www.cicc.org.cn http://www.thatsbooks.com
印　　刷 / 北京市房山腾龙印刷厂
版　　次 / 2023 年 6 月第 1 版第 1 次印刷
开　　本 / 787×1092mm 1/16
印　　张 / 18
字　　数 / 120 千字
定　　价 / 68.00 元

陆树林大使诗文选《心香花环》序

中国驻巴基斯坦大使 姚敬

一提到中国与巴基斯坦的关系，人们总会想到一些热情生动的话语，比如中国人民会说两国是"好朋友、好邻居、好兄弟、好伙伴"，巴基斯坦人民会说中巴友谊"比山高、比海深、比蜜甜、比钢硬"。每一个中巴关系的亲历者都会认同，这些表述是中巴历久弥坚、牢不可破的友谊的真实写照。如此珍贵的中巴友谊不是天上掉下来的，而是两国历任领导人政治引领和战略擘画的结果，是两国各界人士共同努力和悉心培育的结果，当然也是两国外交人员接力奋斗和辛勤付出的结果。一代代中国外交人来到巴基斯坦担当奉献，挥洒汗水，深耕细作，精心呵护着中巴友谊之树茁壮成长，陆树林大使就是其中的优秀代表。

陆大使是我的老前辈、老领导。他从20世纪60年代留学卡拉奇起，就一直致力于中巴友好事业。他5次赴巴常驻，在巴工作、学习、生活超过20年。正如他本人所说，巴基斯坦已成为他的第二故乡。从1999年1月到2002年5月，他担任第12任中国驻巴基斯坦大使。在这期间，他妥善应对巴国内政局和国际形势变化，推动中巴关系平稳过渡并成功迈向21世纪，为中巴友好的传承与发展作出重要贡献。离任退休后，他担任中巴友协常务理事等职，继续为中巴友好奔波辛劳，并主编出版《我们和你们：中国和巴基斯坦的故事》一书，用一个个动人的故事记录下中巴关系越来越铁的历史轨迹。他对中巴友好事业之执著，倾注心血之巨大，都让我深受触动，敬佩不已。

陆大使爱好文学，在繁忙的外交工作之余畅游书海，笔耕不辍，写下不少隽永诗文。尤为难得的是，他对乌尔都语文学颇有研究，擅长乌尔都语诗歌创作。他还将诗歌融入对巴工作中去，以诗为媒、以诗结缘、以诗会友、以诗服人，在巴社会各界广泛开展"诗歌外交"，增进两国人民心灵契合，至今传为美谈。时任巴总统塔拉尔、穆沙拉夫，时任巴外长萨塔尔等巴军政名流都欣赏他的诗才，成为他的诗友，他也因此获得了"诗人大使"的美誉。

如今，陆大使将这些诗文收集起来，由五洲传播出版社出版发行，成为读者手中的这本《心香花环》，我认为很有意义。这不仅是陆大使本人文学创作的阶段性总结，也是属于中巴两国人民的珍贵回忆，是中巴友好的历史见证、文学见证、心灵见证。读者读到的不仅是文字之诗，更是中巴友谊这部感人肺腑的壮丽史诗；感受到的不仅是诗歌之美，更是真情之美、友谊之美！

心香一卷恒久远，友谊花环代代传。当前，在两国政府和人民的共同努力下，中巴全天候战略合作伙伴关系进一步得到深化，两国正在致力于构建新时代更加紧密的中巴命运共同体。中巴经济走廊建设进入充实、拓展新阶段，走在"一带一路"国际合作向高质量发展的前列。两国关系站在了新的历史起点上。我们要接好历史的接力棒，倍加珍惜、长期坚持、不断发展来之不易的中巴友谊，同巴方一道，不忘友好初心，继续携手前进，共同谱写两国世代友好、共同繁荣的美好诗篇！

自 序

除了自己的故乡外，人们常把自己最魂牵梦绕的地方称为第二故乡。我常对巴基斯坦朋友说，巴基斯坦是我的第二故乡，这对我来说，绝不是矫情和外交辞令，而是一句实实在在的心里话，因为从1960年我开始学习乌尔都文起，就同巴基斯坦结下不解之缘。从留学生到大使，我曾五次在巴基斯坦常驻，前后加起来，一共21年，就是在中国外交部工作，我也长期主管巴基斯坦事务，甚至到了第三国，我也离不开巴基斯坦，如在地球另一边的特立尼达和多巴哥共和国，因为那个国家的40%的人口来自今天的南亚地区，而其中的15%是穆斯林，他们对巴基斯坦特别感兴趣，当他们得知我曾在巴基斯坦长期工作，并且能讲巴基斯坦国语乌尔都语后，仿佛把我也当成巴基斯坦大使，常向我提出很多关于巴基斯坦的问题，我也凭借对巴基斯坦的感情和了解，如实相告。所以我出任驻巴基斯坦大使后，曾半开玩笑地对巴朋友说，在我任中国驻特多大使时，由于当时你们还未对特多派驻代表，我未经你们任命，还履行过贵国驻特多大使的职责呢！

巴基斯坦是我的第二故乡，那么巴基斯坦是怎样一个国家呢？

首先，我必须说，巴基斯坦是一个文明古国，因为世界四大古文明之一的印度河古文明主要就诞生在今天巴基斯坦地区。印度河发源于中国，流出中国后自北向南贯穿巴基斯坦全境，注入阿拉伯海，是巴的母亲河、生命线。巴基斯坦又是一个非常年轻的国家，因为在1947年之前，世界地图上并没有巴基斯坦这个地名。20世纪民族解放运动风起云涌，早已沦为英国殖民地的南亚地区的穆斯林，在著名诗哲伊克巴尔最早提出的立国思想的鼓舞下，在穆罕默德·阿里·真纳的领导下，开始为建立南亚地区的穆斯林国家而奋斗，1940年3月23日穆斯林联盟在拉合尔开会，通过建立巴基斯坦的决议；再经过7年的艰苦奋斗，巴基斯坦独立，最初为英国的自治领，真纳就任第一任总督；独立运动的另一位领导人利亚卡特·阿里·汗任第一任总理。1956年改为巴基斯坦伊斯兰共和国，定3月23日为国庆日。因此巴基斯坦既是古老又是年轻的国家。

中国和巴基斯坦具有相似的历史遭遇，因此两国人民在争取独立和解放的斗争中，一贯相互同情，相互支持。早在20世纪30年代初，提出次大陆穆斯林立国思想的诗人伊克巴尔就在他的诗中高唱："沉睡的中国人，正在觉醒，喜马拉雅山的源泉，开始沸腾！"传达了巴人民对中国人民的如火如荼的独立解放运动的欢呼和声援。这句诗在巴基斯坦是家喻户晓的，他们为这句诗感到骄傲。他们说，这句诗表明他们的先哲在20世纪30年代初就预见到，中国人民很快就要站起来了。

巴基斯坦1951年5月21日同中国正式建交，是最早同新中国建交的国家之一，也是最早同新中国建交的伊斯兰教国家。建交后两国关系一直向好向上发展，没有经历过曲折反复。从20世纪60年代开始，中巴关系进入快速发展阶段。1963年中巴两国经过时间不长的谈判，本着互谅互让的精神，顺利地解决了边界问题。1963年巴航开航中国，是除社会主义国家外，第一家开航中国的非社会主义国家的航班，在西方世界长期封锁、包围中国的情况下，这等于是为中国提供了一条通向外部世界的空中走廊，意义重大。之后，两国领导人和人民之间的互访愈来愈频繁，两国在国际事务中相互呼应、密切配合，在涉及两国核心利益的问题上相互坚决支持，两国之间的经贸合作愈来愈广泛和深入，直到2014年两国商定，共同建设中巴经济走廊，实现两国间的互联互通。

在此期间，中巴关系从一般友好关系，发展到"全面合作伙伴关系"，再发展到"战略合作伙伴关系"，再发展到"全天候的战略合作伙伴关系"，两国人民赞美中巴友谊的语言从"比山高，比海深"，发展到"比山高，比海深，比蜜甜"，在中国网民称巴基斯坦为"巴铁"（中国的"铁哥儿们"）后，又发展到"比山高，比海深，比蜜甜，比铁硬，比钢强"。

我是中巴关系这一不断提升过程的亲历者、见证者。我在巴基斯坦长期工作的过程中，见到的都是友好的笑脸，听到的是"中巴友谊万岁"，事好办，到处是热情协助的双手，从未有过被刁难的经历，自始至终生活在友谊的海洋之中。在这样的国度，我生活了21年，我把她称作第二故乡完全是情理之中的事。

这本书收集的都是我在巴基斯坦工作过程中和退休后写成的诗篇和文章，大部分曾在中国或在巴基斯坦各类报刊上发表过，写的都是我的亲身经历和切身感受，编排既按写作时间，也按内容，尽量把内容类同的放在一起。巴基斯坦人民为了欢迎尊贵的客人或远道回归的亲人，常向他们献上花环，花环大都是用鲜花特别是红玫瑰花编成的，戴在脖子上芬芳四溢，在巴国语乌尔都语里叫"哈尔"。我在巴基斯坦长期工作的过程中得到过许多巴朋友献给我的"哈尔"。我愿把书中一篇篇诗文，看成是我用心香编成的一串串"哈尔"，敬献给我的祖国中国，敬献给我的第二故乡巴基斯坦，敬献给中巴友谊，因此我把书名定为"心香花环"，但愿我的"心香花环"能为记载和传承中巴友谊，特别对两国的年轻一代了解巴基斯坦，理解和继续传承和发展中巴友谊，发挥我希冀的作用。

愿中巴友谊万古长青！

目 录

第一辑　诗歌　　　　　　　　　　　　　　　1

　中文诗歌　　　　　　　　　　　　　　　　1

　　团圆并序　　　　　　　　　　　　　　　1
　　七律·与友邦人民共迎新千年　　　　　　2
　　感时并序　　　　　　　　　　　　　　　2
　　曼格拉水库重游　　　　　　　　　　　　3
　　喀喇昆仑公路赞　　　　　　　　　　　　3
　　镜　宫　　　　　　　　　　　　　　　　4
　　香格里拉即景　　　　　　　　　　　　　4
　　洪扎之夜　　　　　　　　　　　　　　　4
　　中巴友谊比钢强　　　　　　　　　　　　5
　　赠马苏德·哈立德大使　　　　　　　　　6
　　中国人民解放军仪仗队亮相巴基斯坦国庆阅兵式　7
　　古风·中巴经济走廊歌　　　　　　　　　7
　　沁园春·良宵　　　　　　　　　　　　　9
　　水调歌头·一带一路颂　　　　　　　　　10
　　重访巴基斯坦组诗　　　　　　　　　　　10
　　悼世纪伟人曼德拉　　　　　　　　　　　15
　　答袁维学文化参赞　　　　　　　　　　　16
　　袁参赞原玉：送陆树林大使返国　　　　　16
　　叙事诗：芒果佳话　　　　　　　　　　　17

乌尔都语诗歌金句汉译 20

自作乌尔都文诗汉译 23
 "厄扎尔" 23
 "卡塔"两首 24

与巴朋友友谊唱和 26
 热烈欢迎 26
 诚挚答谢 26
 花生米 27

散文长诗两首 28
 从故乡回故乡 28
 巴基斯坦故乡，我又回来了 29

歌　词 32
 中巴友谊歌 32
 牡丹素馨 33

第二辑　文选 35
 睦邻友好的典范 35
 建设瓜达尔深水港和中巴经济走廊的故事 47
 中国提出的"一带一路"倡议为什么在国际上受到
  广泛而热烈的响应 56
 巴基斯坦有一条"周恩来大道" 66
 腹有诗书气自华——习近平主席的诗词情怀和诗歌外交初探 75

中巴友谊从习近平主席引用的一句诗说起	82
阿克拉姆·谢赫博士和江泽民主席的故事	94
中国和巴基斯坦领导人之间的水果外交	106
中巴友谊的花絮	110
弥足珍贵的记忆	114
喀喇昆仑公路巡礼——对巴基斯坦驻华使馆学校学生介绍喀喇昆仑公路情况	120
枕带山湖雄且杰——巴基斯坦首都伊斯兰堡巡礼	144
拉合尔——巴基斯坦的心灵	148
塔克西拉——中巴友谊之城	162
斯瓦特——莲花生大师的故里	171
莫亨焦达罗抒怀和遐思	185
乌桕树下的怀念	194
怀念田丁大使	197
怀念徐以新大使	203
怀念巴基斯坦朋友——阿迦兄弟	208
人间最美是友谊——怀念卡什费老师	223
怀念达尼教授	234
友谊的金桥——学习外语的经历和体会	241
青春万岁——对伊斯兰堡政府学院"蓓蕾诗社"学生们的讲话	259
在《首脑之间——中美建交中的巴基斯坦秘密渠道》（英文版）首发式上的讲话	264
热烈祝贺《费兹全集》中译本出版	267

第一辑　诗歌

中文诗歌

团圆并序

2001年是新世纪也是新千年的第一年，我正在驻巴基斯坦使馆任职。是年春节，我女儿、女婿和儿子来馆探亲。这是我和夫人多次出国长驻以来，第一次同子女在国外团聚，欢度佳节，感到格外高兴，除夕之夜，欣然命笔。

笔者夫妇与家人在使馆团聚

回眸六旬游子身，每逢佳节总思亲。
尽忠难圆孝悌梦，离散倍添舐犊心。
欣慰儿女成才早，更喜友谊与日新。
今宵伊堡庆首圆，更美千禧第一春！

七律·与友邦人民共迎新千年

吐气辞别旧世纪，扬眉更待又千年。
青山叠翠迎盛世，百舸争流竞前沿。
文装军人腰背直，五洲赤子壮情添。^注
中巴兄弟齐发力，友谊高飞更无前。

（1999年底于伊斯兰堡）

注：周恩来总理说过，外交队伍是文装的解放军。

感时并序

  2001年10月1日，既是我国国庆节，又是传统佳节中秋节。此前不久，美国遭恐怖主义袭击，纽约世贸大厦双子塔轰然坍塌。美国为报仇雪恨，此时正紧锣密鼓，威胁并实际准备武力打击"基地"组织和阿富汗塔利班政权，战争迫在眉睫。巴基斯坦各地频频爆发反美示威活动，内外形势骤然紧张。有感于当时的形势和自己的神圣职责，当晚我作此诗抒怀。

双节齐临千载难，今宵家国定倍欢。
火树银花万里外，电闪雷鸣咫尺间。
亲朋举盅应尽兴，妻儿思亲莫挂牵。
心红自有豪情在，浪花尖上我岿然。

曼格拉水库重游

山也清，水亦秀，大坝逞风流。
万顷碧波明似镜，雪峰远影镜底收。
鱼儿游，羊儿走，鲜花笑满坡。
飞洪直下三千尺，家家从此有电流。
二十年后此重游，惊呼巴国变迁多。
人间沧桑赖何力？勤劳人民一双手。

（1991 年 4 月 26 日）

喀喇昆仑公路赞

千迴百转登天头，幽谷从此通五洲。
亘古丝路成大道，中巴友谊更上楼。

（2015 年）

镜　宫

古堡原是帝王家，宫阙依旧夸豪华。

清泉滴水奏妙乐，舞女秉烛满天花。

彩灯退远七重夜，红妆羞落五彩霞，

奢靡富贵今何在？栏外拉维河作沙！

（2000年作于拉合尔古堡）

注：巴基斯坦的第二大城市拉合尔，历史上曾是蒙兀儿王朝的首都，古堡即王朝的宫殿。古堡内有一著名的镜宫，宫内曾引入一清泉，潺潺流动的泉水形成美妙的音乐。宫的四壁和天顶均用镜片镶成。宫女秉烛在宫内翩翩起舞，在镜片上映出绚丽的千万朵星光，美轮美奂。

拉维河是拉合尔附近的一条大河，是旁遮普五大河之一，历史上曾紧靠古堡城墙流淌，由于河流改道，现已远离古堡，原河床已沙化。

香格里拉即景

雪峰搂镜幽，碧波托琼楼。

樱果赛红云，飞泉天上流。

世外有桃园，置身忘百忧。

（1991年3月13日）

注：香格里拉位于巴基斯坦北部地区斯卡杜境内，为著名风景旅游区。

洪扎之夜

月光如水泛银峰，琼楼玉宇悬半空。

人间果然有奇景，却在崇山峻岭中。

注：洪扎位于巴基斯坦北部地区，毗连新疆塔什库尔干县。（2015年）

笔者夫妇在香格里拉留影

中巴友谊比钢强

大大情访兄弟邦,① 节日景象遍城乡。

经济走廊促膝筹,一带一路有榜样。

合作共赢理念好,万隆精神更发扬。

战略伙伴全天候,② 中巴友谊比钢强。③

注:
① 习近平主席2015年对巴基斯坦进行了首次国事访问。访问前夕在巴基斯坦主流报纸发表题为《中巴友谊万岁》的署名文章,引用乌尔都文古诗来表达他对巴基斯坦人民的深厚情意,并说:"这是我首次访巴,但我感觉就像到自己兄弟家中探访。"
"大大"是中国人,特别是年轻人对习近平主席的爱称,意思是伯伯。
② 习近平主席访巴期间,中巴双方一致同意提升"中巴战略合作伙伴关系"为"全天候的战略合作伙伴关系"。
③ 在习近平主席访巴期间,巴人民打出了"巴中是铁哥们""巴中友谊比山高、比海深、比蜜甜、比钢硬"等欢迎大标语。

赠马苏德·哈立德大使

2013年1月9日，巴基斯坦驻华使馆举行晚宴，介绍巴新任驻华大使马苏德·哈立德，我亦应邀出席。马苏德·哈立德大使是我20多年前结识的朋友，当时他是巴外交部主管中国事务的处长，我是中国驻巴使馆的政务参赞，两人工作关系很密切，建立了深厚的友情。宴会上我们聚谈甚欢，他谈到今后他将为巴中友谊竭尽全力，我亦表示，虽已退休，也将为中巴关系尽量发挥余热。他还提到，当年他前往英国任职前，我曾为他饯行，说明他珍重友情。当晚我回家后，欣然命笔。

1989年，笔者（左1）与马苏德·哈立德（左2，时为巴外交部中国事务处长）在巴外交部合影

伊堡结谊未能忘，一别二旬风云长。
君今持节使吾国，燕京叙旧何欢畅！
君将全力歌友谊，余热虽小吾伴唱。
中巴人民是兄弟，同心合力铁成钢。

注：中国网友称巴基斯坦为中国的铁哥们，简称"巴铁"，巴朋友获悉后表示，"巴铁"还不够，要当"巴钢"。

中国人民解放军仪仗队亮相巴基斯坦国庆阅兵式

友邦国庆我同庆，正义之师唱大风。
步履铿锵威比虎，姿容英武势如龙。
亲朋观礼心潮涌，盗寇见情胆气熊。
捍卫和平当主力，合作共赢建奇功。

(2017年3月24日)

古风·中巴经济走廊歌

素馨枝挽牡丹花，长城手拉独立塔。
瓜达尔港通喀什，经济走廊连中巴。
互联互通消距离，合作共赢同繁华。
构建命运共同体，中巴从此不分家。

(2016年)

注：素馨为巴基斯坦的国花；独立塔为纪念巴基斯坦立国而建立的纪念塔，位于拉合尔。

心香花环

素馨枝挽牡丹花 长城手拉独立塔 而建尔港通喀什 经济走廊连中巴 至联至通消距离 合作共赢同繁华 构建命运共同体 中巴泽此成一家

陆树林题诗古风中巴经济走廊歌

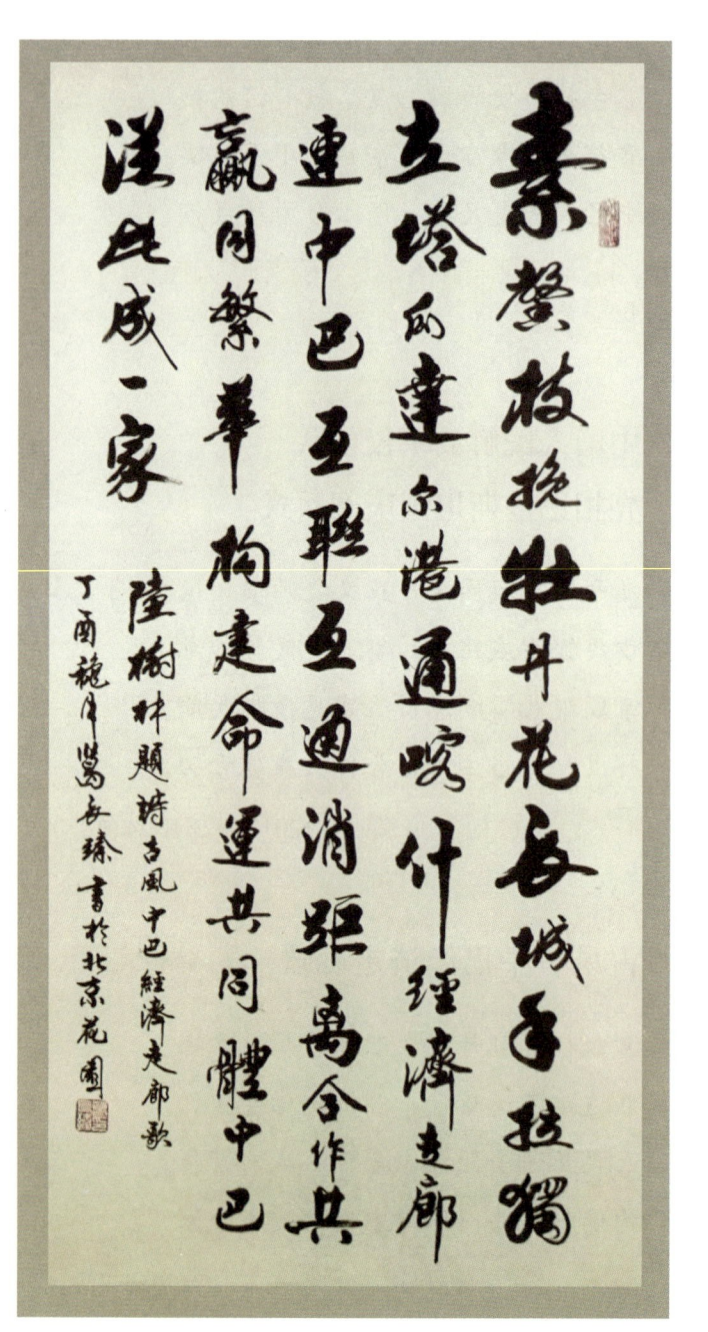

丁酉秋月葛长臻 书于北京花园

葛长臻（书法家）所书诗歌原文

沁园春·良宵

为庆祝中巴建交 65 周年，服务国家"一带一路"倡议，北京大学和北京论坛应巴基斯坦驻华大使馆和巴基斯坦国家科技大学的共同邀请，与巴基斯坦国家科技大学于 5 月 23 日至 27 日，在伊斯兰堡共同举办《北京论坛（2016）海外分论坛·伊斯兰堡》会议，巴基斯坦总统马姆努恩·侯赛因出席了开幕式并讲话，并于 25 日晚在总统府花园举行盛大宴会，欢迎北京大学代表团。我应北大之邀，参加了北大代表团与会并发言，忝列总统宴会。有感于当时盛况，特作词志怀。

巴铁之都，五月风光，气象万千。
看元勋院内，婆娑树巨，
国君府畔，艳冶花鲜。
美乐绕梁，喷泉妙舞，笑语欢声晚照间。
良宵夜，赞铁杆兄弟，谊厚情坚。

慈祥总统情甜，宴北大嘉宾不夜天。
又一番心语，几人情动。
长廊共建，好梦同圆。
带路双赢，中巴引领，四海寰中喝彩连。
瞻前景，看虎龙腾跃，福泽绵延。

水调歌头·一带一路颂

千载骆驼忙，帆影布南洋。
中西交往频繁，丝路谱辉煌。
今日英杰远见，倡议一带一路，大义比红阳。
华夏声一呼，和声远飞扬。

求共赢，谋合作，利八方。
互联互通功伟，寰宇变村庄。
峰会集思广益，共筑命运同体，大地永瑞祥。
赞外交新意，颂带路宽长。

（2016年）

重访巴基斯坦组诗

2015年11月25日，我驻巴基斯坦大使馆为《我们和你们——中国和巴基斯坦的故事》举行首发式，我作为书的主编应邀前往出席，并接受巴基斯坦战略研究所之邀参加为纪念联合国成立70周年举行的研讨会。在巴逗留期间作诗五首抒怀。

一、老友重逢

君颜已在心镜留，相见只须略低头。^注
今日老友华堂聚，思怀释放喜泪流。

岁月莫道催人老，彩云长增映颜优。
待到中巴铁成钢，友谊歌者更放喉。

注：此联诗化用一联思念朋友的乌尔都语名诗，该诗为：

朋友的美好形象，
就在我心的明镜之中，
稍一低头，
就能看见。

二、总统情

百忙之中抽身见，总统情怀暖心田。
殷殷一番肺腑语，朗朗百重彩云天。
大书我编抒意厚，序言君写知情甜。
但愿走廊上峰顶，中巴亿万更开颜。

注：《我们和你们——中国和巴基斯坦的故事》中文版和英文版在伊斯兰堡举行首发式后，时任巴基斯坦总统马姆努恩·侯赛因拨冗接见了我们，同我们进行了亲切友好的谈话。总统对此书的出版发行高度重视，不仅亲自为此书写了序言，还特别嘱咐我们尽快出版此书的乌尔都文版。

三、周恩来大道

路通使馆直而宽，高名周恩来大道。[1]
生为友谊频往访，中国总理不辞劳。

《我们和你们——中国和巴基斯坦的故事》部分作者在大使馆新馆址主楼前合影留念

铁谊奠基功勋大，友邦立道永记牢。
喜看道首大厦立，中国新馆第一号。②

① 为纪念周恩来总理为中巴友谊作出的突出贡献，2005年，巴基斯坦政府决定将伊斯兰堡通向使馆区的路改名为"周恩来大道"（Zhou Enlai Avenue），这是中国领导人在巴首都享有的殊荣。
② 2015年6月我国驻巴基斯坦大使馆新馆馆舍落成启用，经巴政府同意，馆址定为：周恩来大道1号。

四、乌桕树下怀念周总理

友谊山头一树妍，周公手植五旬前。①

遥忆巨星陨落日，枝披白蕊寄悲天。②

铁谊中巴基础奠，邻邦设道意魂牵。③

我今重访兄弟国，乌桕树下泪暗弹。

① 周恩来总理1964年访巴时，在兴建中的新都伊斯兰堡的夏克巴里扬小山上手植了一棵乌桕树。这是外国领导人在小山上手植的第一棵树，以后各国访巴的国家元首和政府首脑都在小山上植树，其中中国领导人种的树最多。如今小山已为一大片郁郁葱葱的树林覆盖，小山也因此被誉为友谊山，周总理手植的乌桕树也被誉中巴友谊树。
② 周总理1976年逝世时我在国内，后来重返巴后有朋友告诉我，周总理逝世时，巴朋友为表达哀思，在他手植的乌桕树枝叶上扎满了白花。
③ 指巴基斯坦设立了周恩来大道。

1974年中国民航开航巴基斯坦时，民航总局局长马仁辉率中国人民友好代表团随机访巴，部分团员在周总理手植乌桕树前合影留念

五、参观新馆舍

2013年11月25日，我们赴我国驻巴基斯坦大使馆新馆舍参观，然后接受孙卫东大使的宴请。使馆人员告诉我们，在同巴方商谈新馆馆址事宜时，巴方表示，巴中关系最好，中国使馆应是最大的，因而拨地15万平方米供我国建设新馆之用。这样，我国驻巴使馆成了巴面积最大的外国使馆，也成了我国驻外面积最大的使馆。

驻巴使馆坦荡荡，主楼宽敞大气扬。
大使官邸朴素美，官员宿舍设备强。
小树倔壮已遍植，森林不日排成行。
异草满园比秀丽，奇花四处竞芬芳。
新农庄里瓜菜鲜，调剂生活利健康。
运动器械新而全，游泳池水闪银光。
忆昔五十一年前，初进使馆记忆详。
园窄楼小人员挤，一房要睡数儿郎。
办公室里无冷气，汗流浃背工作忙。
后经几次馆址迁，馆貌逐渐改模样。
如今鸟枪换大炮，馆成天堂慨而慷。
巨变皆因国力增，中巴友谊日月长。
后生馆员享厚福，努力工作理应当。

悼世纪伟人曼德拉

2013年12月5日，南非前总统、伟大的反种族隔离战士曼德拉逝世，噩耗传来，举世哀悼。我曾有幸两次见过曼德拉。一次是他1992年10月访华途经伊斯兰堡时，我作为使馆代办前往机场迎送，我同他握手并寒暄；另一次是他访问巴基斯坦时，我应邀在巴基斯坦战略研究所聆听了他的讲话。

耄耋登仙正常事，缘何全球悲雨淋？
人格堪比高山高，爱心更较深海深。
为争平等无畏惧，二十七年铁窗冷。
不才友邦两晤面，回想音容泪沾巾。

(2013年12月7日)

1992年，笔者在伊斯兰堡机场欢送前往中国访问的曼德拉

笔者夫妇与获得巴基斯坦总统奖的袁参赞（右2）夫妇在总统府合影留念，表示祝贺

答袁维学文化参赞

君亦四度居巴家，文化交流事业佳。
赞我美语不敢受，爱我中华爱我巴。

袁参赞原玉：送陆树林大使返国

客居巴国二十载，青春逝去新月来。
政绩诗名双卓著，友人争夸陆君才。

叙事诗：芒果佳话

啊，芒果，我的老朋友，
我知道，南亚是你的故乡，
我曾在印度和巴基斯坦工作生活多年，
知你多种多样，曾大量地品赏。
你的果实形似肾脏，有青有黄，仪态万方，
香甜无比，营养丰富，防病保康，
无怪南亚人那么喜爱你，
誉你为水果之王！

现在你已传播到热带许多地方，
就连远在加勒比的岛国特多，
我在那儿长驻时
也能常常把你欣赏。

然而，你可知道，
是谁第一个把你向世界推广？
经历千辛万苦，一位历史名人，
到古印度留学十六年时光，
在历史巨著《大唐西域记》里，
以"庵波罗果"的名字首次把你记载，
他，就是中国的高僧玄奘。

心香花环

他在南亚备受尊敬,几乎家喻户晓,
无论在印度,在巴基斯坦,或在孟加拉国,
那里的人们要了解自己的古代史,
还常常要参阅他的著作。

在现代,在中国和巴基斯坦之间,
你还是友谊的使者。
当你在中国尚不很知名,
两国领导人每年互赠各自国家的水果珍品,
巴方赠送的就是你,芒果,
而中方回赠的是荔枝之珍。

记得约四十年前,
来访的巴领导人赠送毛主席一篮芒果,
毛主席则立即转赠工人宣传队,
以表达他对工宣队的支持和慰问,
工宣队感动万分,
把芒果及其模型,广为展览和宣传,
从此,你以名果、圣果的名分知名于中国人民。

中巴领导人不仅互赠珍果,还互赠珍果的树苗,
于是,中国的荔枝树苗,开始在巴山区茁壮成长,
而千株巴基斯坦优质芒果树苗,落户中国南方省份,

今天，我在海南见到的芒果树，
也许就是巴树苗的子孙。

今天，水果之王在中国市场上已经到处可见，
进口的和自产的都有，都广受欢迎，
而巴基斯坦人民也可吃上自产的荔枝，
友谊和合作的好处，难道这不也是一个明证！

无比美好的芒果啊，在我心目中，
你是甜美、友谊和安康的象征，
你承载着美好的佳话篇篇，
愿你的佳话流韵万古，永远传承！

（2016年7月于海南岛）

乌尔都语诗歌金句汉译

乌尔都语是南亚北部广泛使用的一种语言,是我们的全天候友好邻邦巴基斯坦的国语。乌尔都语诗歌很发达,从古到今产生过很多诗人,他们的很多诗句脍炙人口。巴基斯坦人民是热爱诗歌的民族,他们爱在讲话中和作文中引用诗句,我在巴长期学习和工作期间从巴朋友的口中和文中学到和收集到不少美句,其中有的有出处,有的查不到出处,也有可能是引用者自己的诗句。我也常常在自己的言谈和文章中引用这些诗句。兹择其中部分译为中文,以飨读者。

过去了,资本主义时代过去了,
就像耍猴戏的耍完把戏,已经走了。
沉睡的中国人啊,正在觉醒,
喜马拉雅山的源泉,已在沸腾!

——阿拉玛·穆罕默德·伊克巴尔（1877—1938）

唤醒这个世界的穷苦人吧,
摇晃王公贵族们的宫殿的门墙吧!
用信念的烈焰使奴隶们热血沸腾,
使一无所有的麻雀敢于同老鹰斗争!
从那土地农夫得不到口粮,
就把这土地上的麦穗统统烧光!

——阿拉玛·穆罕默德·伊克巴尔

起来,地球上的会议和东西方的道路都在改变,你们自己的世纪,已经展现。

——阿拉玛·穆罕默德·伊克巴尔

星空之外还有天,爱的考验后面更有考验。

——阿拉玛·穆罕默德·伊克巴尔

这条路现在依然迷人而美丽,它的泥土饱含着诗情与醉意。

——费兹·艾哈穆德·费兹(1911—1984)

不点亮世界的诗有什么用?不涤净城市的泪眼有什么用?

——费兹·艾哈穆德·费兹

无知的心啊,你到底怎么啦?什么才是这痛苦的解药?

我嘴里也有舌头,但愿有人问我,你究竟想要什么?

——迦利布(1797—1869)

她柔嫩的红唇妙不可言,仿佛是玫瑰的花瓣一片。

米尔呀！在那半开半闭的眼睛里，仿佛一切都醉意朦胧无边。

——米尔·塔基·米尔（1722—1820）

重逢老朋友，赛过会神仙。

——兆格（古代诗人）

使劲地同我作对吧，但要留有余地，
以便成交以后，不致感到害羞。

种树，就要种大爱之树，邻居的庭院里也能开花结果。

朋友的美好形象，就在我心的明镜之中，
稍一低头，就能看见。

手，可以同多人相握。心，只能和一人相连。

不要以自己的油灯，在太阳前面炫耀。

我们叹一口气，也备受指责，他们杀人放火，
却无人吭气！

自作乌尔都文诗汉译

"厄扎尔"

"厄扎尔"是乌尔都文的一种抒情诗形式，来源于波斯文。这种诗每两句为一联，像中国对联一样，具有完整的意思。一首"厄扎尔"可只有一联，也可有很多联，每联的意思可以互不关联，完全独立，但音韵必须关联，通过相同的音韵连成一首"厄扎尔"。每联意思相连的厄扎尔也有，但较少。多联"厄扎尔"的最后一联需要出现作者的笔名。"厄扎尔"是巴基斯坦人和伊朗人都喜闻乐见的一种诗歌形式。

下述"厄扎尔"是我在工作过程中学习试作的，但其韵律不一定完全合乎要求。其中有些联曾在外事活动讲话中引用。中文译出后，难以体现原诗的韵律。

心中没有爱的波纹，干嘛无端冒充情人？
同有情义人交友，拒与无良心者来往。
不要鸡肠曲戚戚，应有虚怀坦荡荡。
自己的庭院不干不净，干嘛去别人家乱舞扫把？

这样的朋友该多亲昵，心和心之间没有距离。
这样的时光不要妄想，当前进的道上没有阻挡。

什么时候痛苦最长？当爱情无法决定的时光。
语言是心灵的音响，坚强的心才能让心音铿锵。
生命中衰老又能怎样？
阳光在，心之园就会鲜花怒放。
诗歌是心灵难以压制的音响，
多么残忍啊，有诗却无诗会的时光。
树林啊，你为何常常低头默想，
因为啊，为在大风中不晕头转向。

"卡塔"两首

"卡塔"也是乌尔都文诗体的一种形式，很像中国的绝句，也是四句，需押韵。

和平万岁

快放下各自手中的宝剑，
自相残杀血已经流得太多，
现在应该相互挽起臂膀，
合起喉咙高唱和平的歌！

（此诗为在报上读到阿富汗游击队各派达成和平协议后作）

笔者夫妇在使馆欢迎阿克拉姆扎基先生夫妇

今 宵

爱的琼浆斟满金杯，宾主同醉豪情满怀。

但愿今宵长驻人间，中巴友谊有口皆碑。

注：1993年2月9日晚，巴基斯坦国民议会议长古哈尔·阿尤布·汗在伊斯兰堡议会大厦欢宴赛福鼎副委员长率领的中国全国人大代表团，我作为使馆参赞应邀出席，并与老诗人哈塔克同桌。被当时热烈友好的气氛所感染，老诗人口吟了几句乌尔都文诗，我觉得诗句很美，立即请他给我写了下来，并模仿他的诗的形式，也写了几句。这几句后来我请我的朋友巴前驻华大使阿克拉姆·扎基先生（时任巴外交部秘书长）修改定稿，曾几次在外交活动中引用过。扎基先生在中国任职时曾多次举行诗会，邀请中国乌尔都文界的朋友参加，我当时也是他诗会的客人之一。

与巴朋友友谊唱和

热烈欢迎

巴基斯坦：艾哈默德·汗

今天迷人的昌加曼加的树林兴高采烈，
他们不知疲倦不停地高呼欢迎口号。
中国客人远道来到这里，
友谊使他们显得风华更茂。

诚挚答谢

中国：陆树林

啊，昌加曼加，昌加曼加
你真是花园中的花园，
这里每片树叶都是友谊的闪亮火焰。
今天中国旅人在友谊的氛围中沉醉，
他们的心也变成花园中的花园。

注：在乌尔都语中，"心变成了花园"是一句成语，表达极其高兴的意思。

昌加曼加是巴基斯坦旁遮普省的一片森林区，也是巴的一个旅游景点，距旁遮普省首府拉合尔 100 多公里。1993

年3月,我作为使馆政务参赞陪同江苏省人大主任韩培信率领的江苏省人大代表团访问巴基斯坦。代表团在旁遮普省访问期间同旁省草签了同该省建立友好姐妹省区的协议。代表团在昌加曼加参观访问时受到热烈欢迎,该地林务官艾哈默德·汗先生用乌尔都文作了一首诗,对代表团表示欢迎之意,并请我翻译给代表团听,我这样做了,代表团立即表示欣赏和衷心感谢。我当晚也用乌尔都文作了一首答谢诗,并于第二天赠给艾哈默德·汗先生。巴朋友的原诗和我的和诗在我的笔记本上贴着和记着,因而得以保存。

花生米

小小渺渺花生米,圆圆胖胖花生米。
看来一点不稀奇,中有好处多来西。
性情憨厚貌不扬,果肉洁白美如玉。
甘愿为人献营养,维他命多不可计。
做人就做花生米,专门利人不利已。

注:这是我和巴基斯坦友人一起戏作的打油诗。20世纪90年代初,周刚大使在使馆宴请巴文化界朋友,我作为政务参赞出席作陪。宴会开始前,我同一位爱好诗歌的巴朋友聊天,谈及乌尔都文诗歌时,这位朋友说:"只要有诗情,眼面前的任何景物都可成为诗的题材。"我就说:"那我们就用面前茶几上的花生米为题,合作一首诗吧。"他欣然表示同意。于是我们就你一句我一句地做起花生诗来,很快就做出了以上打油诗。宴会结束后,我怕忘记,立即把诗记载在一个笔记本上,总算保存了下来。中文译文是我最近才自译的。由于年代久远,我已分不清诗中哪句是我的,哪句诗是巴朋友的了。

散文长诗两首

从故乡回故乡

再见吧,巴基斯坦,
在你温暖的怀抱里,我又度过了,
四年的宝贵时光。

现在我正飞回我的祖国去,然而我将永远记住,
老师们的慈祥面容,妈妈们充满爱的祈祷,
兄弟们的热情拥抱,还有姐妹们向我伸出手中
的玫瑰花环!

我将永远记住,卡拉奇的迷人的海岸,
拉合尔夏利玛花园,奎塔的碧湖,
和白沙瓦热闹的巴扎,
还有伊斯兰堡迷人的绿色海洋!

再见吧,巴基斯坦,再见!
我将永远记住,在你的怀抱里度过的,
每一寸光阴!

现在，我向我的祖国飞去，从故乡到故乡。

你的天空正从我的眼前退去，

你的山河正离我越来越远，

但他们在我的心里永远很近，很近。

我正飞回我的祖国，从故乡到故乡，

带着最美好的记忆，带着最真挚的友谊。

再见吧，我亲爱的朋友们，再见！

我将永远记得你们，因为在你们的土地上，

我深深地体会了，什么是真诚和友谊！

（此诗作于我从使馆政务参赞任离任回国时，定稿于从伊斯兰堡飞北京的途中。）

巴基斯坦故乡，我又回来了

我又回来了，巴基斯坦

回到了自己的亲朋好友之中，

回到了自己的兄弟姐妹之中。

这儿的张张面容我都熟识，

这儿的花草树木我都感到亲切，

我仿佛又回到自己的家中。

我又回来了,啊!巴基斯坦,
这一次是作为中国的使节来到的,
我亲爱的祖国,把我任命为她的大使,
再一次把我送进你的怀抱。

在这里,我将代表中国,
以最大的努力代表好中国,
尽最大的努力讲好中国的故事,
中国最美最美的故事。
但我也把自己当成你的大使,
而且,我未经你任命,也当过你的大使,
因为当我离开你的时候,
在中国,或在其他国家,
我也讲你的故事,你的最美最美的故事。

我长期呼吸你的空气,长期饮用你的甘泉,
长期在你丰富的文化艺术里,吸收精神的营养。
你的诗一样的语言,同我的母语一起,
也培育了我诗人的气质,你的深情厚谊,
已经溶入了我的血脉。
因此,我是中国的儿子,也是你的儿子;
我是中国的大使,也是你的大使,
尽管你没有正式任命。

我又回来了，啊，巴基斯坦，
我的使命，是进一步加强中巴友谊，
中巴之间非常真挚的友谊。
这友谊比山高，比海深，比蜜还甜。
是世界上没有任何力量，可以摧毁的友谊！

我将为中巴友谊之花，浇水施肥，
使这友谊之花越来越美！越来越绚丽！

我深信我的努力一定成功！
因为我是在兄弟姐妹之中，
我的努力将取得他们最大的支持。
我坚信这友谊，在新年里，
在新世纪里，在新千年里，
将会越来越美丽，
我的两个亲爱的故乡，
中国和巴基斯坦，将会越来越亲密。
中巴友谊万古长青！中巴友谊万岁！

(1999年)

(此诗作于1999年我作为中国大使返回巴基斯坦之后，曾在使馆为庆祝中巴建交50周年而举行的诗会上朗诵过，并被刊登在乌尔都文报刊上。)

歌　词

中巴友谊歌

友谊如山，万里绵延
一条丝路连在我们心间
友谊如海，热情澎湃
一个梦想引领我们向前

友谊如花，盛开心田
一同种下这素馨和牡丹
友谊如歌，唱出期待
一个声音飘过大地山川

中国与巴基斯坦
全天候友谊千万年
我们并肩向前行
在未来的路上扬帆

中国与巴基斯坦
全天候友谊千万年
合作共赢的旋律
在经济走廊上空流传

牡丹素馨

神州园里开牡丹
国色天香飘万家
清真国里绽素馨
洁白如雪芬芳洒

牡丹犹如赤子红
热情之火连中巴
素馨好似梨花白
无限深情通华夏

牡丹花,素馨花
连枝扎根成一家
炎黄子孙,铁杆兄弟
彼此心牵挂

牡丹花,素馨花
连枝扎根成一家
丝绸之路,康庄大道
遍放友谊花

第二辑 文选

睦邻友好的典范

今年是中国和巴基斯坦建交 60 周年，两国政府和人民正以各种方式，热烈隆重地进行庆祝。回忆 2001 年中巴建交 50 周年时，我正在巴基斯坦任大使，巴政府和人民对庆祝两国的这一共同节日所给予的高度重视、所倾注的巨大热情和所采取的丰富多彩的形式，使我深为感动，深深地体会到巴政府和人民对中国人民的深情厚谊和对中巴关系的高度重视。中巴两国领导人喜欢用"比山高、比海深、比蜜甜"这样美好的语言来赞颂中巴友谊，不是没有原因的。中巴关系确是和平共处五项原则指导下国家关系的典范，是睦邻友好的典范。

中巴关系为什么成为典范，典范体现在哪些方面，作为一个长期从事中巴友好的外事工作者，此文我结合自己的亲见亲闻和亲历的故事，谈谈自己的看法和感受。

坦诚相待，高度互信

巴基斯坦 1947 年获得独立，两年后中国获得解放。作为两个刚刚摆脱帝国主义、殖民主义侵略、剥削和压迫的新生国家，相互还缺乏了解，但怀有善意。巴基斯坦于1951年5月21日与中国正式建交，是世界上最早与中国建交的国家之一，更是伊斯兰世界第一个同中国建交的国家。

20世纪50年代初，美国在全球范围内拼凑各种反对共产主义的军事组织，巴基斯坦在美国的大力拉拢下，于1954年9月，加入东南亚集体防务条约组织，次年9月又加入巴格达条约组织，还同美签订了"共同防御援助协定"和"双边防御合作协定"。但巴一开始就向中方说明，巴方这样做完全是因为自身特殊处境和安全需要，绝对没有敌视中国的意图。中国对当时巴同西方结盟当然是不悦的，但没有做出过激的反应，而是考虑巴的处境，采取了克制和实事求是的态度，对巴方的解释表示相信和理解。

1955年万隆会议期间，周总理同巴总理穆·阿里进行了两次会晤。周总理开诚布公的谈话，以及他在会议期间表现的博大胸怀和求同存异、以理服人的态度博得了巴总理的好感，双方一致认为应加强两国的交流与合作。两国总理的首次会晤增进了相互了解，促成了1956年两国总理互访。两国总理互访时均受到对方热烈隆重的接待。

巴总理苏拉瓦底访华时，毛主席会见并宴请，周总理同他进行了4次会谈。毛主席、周总理还以亲笔题名的肖像相赠。2000年我在卡拉奇拜访苏拉瓦底的外孙女，在她的客厅里就看到毛主席、周总理亲笔题名的大幅织锦肖像。她还告诉我，苏拉瓦底是在排除许多压力和阻挠的情况下访华的，访问的成功使他十分高兴和兴奋，连声说，这次访问访对了。

20世纪50年代前期，中国和巴基斯坦关系一般，但中国同印度关系十分友好，"印地、秦尼巴依巴依"（印中人民是兄弟）的呼声响彻云霄，就在那时，中国在印巴争端克什米尔问题上，没有像前苏联那样，一屁股坐在印度一边，而是采取不介入和劝和的态度，希望他们通过和平协商友好地解决问题，周总理还婉拒了印方访问印控克什米尔的邀请。对此巴朋友十分赞赏，曾专门表示感谢。多年后一些巴朋友还向我提及此事，他们说，这表明中国是有原则讲信义的国家。

20世纪60年代以后，随着国际和地区形势的变化，中巴关系迅速升温。1962年，两国通过时间不长的谈判，就两国边界位置走向达成原则协议，并于1963年3月，签订了《关于中国新疆和由巴基斯坦控制其防务的各个地区相接壤的边界协定》。这是国际间本着互谅互让精神，通过友好协商解决历史遗留问题的一个范例。

中巴签订边界协定后，两国边民和边防人员和睦相处，友好往来，特别是两国共同克服千难万苦，建成被称为"中巴友谊之路"的喀喇昆仑公路之后，两国陆路交往不断增多，边境贸易不断扩大。中巴边界堪称世界上最和平、友好和安宁的边界之一。

1977年，巴陆军参谋长哈克乘朝野激烈争夺之机发动军事政变，并且以"谋杀罪"为由判处被推翻的曾为中巴友谊做出重要贡献的布托总理死刑。对此我们是有看法的，并且像朋友之间可以互提建议一样，7次吁请哈克不要处死布托。但我们坚持不干涉内政的原则，把内政同中巴关系分开处理，在布托被处死以后，继续坚持中巴友好的立场，在不久以后接受了哈克的来访。由于我们处理得当，在哈克执政的11年里，中巴关系仍然得到长足的发展。

1999年1月我出任驻巴大使，9个月后巴内部军政矛盾激化导致巴政局剧变，谢里夫总理被推翻，陆军参谋长穆沙拉夫出任首席执行官。不久穆沙拉夫主动约见我通报情况，我根据国内指示，说明我国不干涉别国内政，尊重各国人民自己的选择，希望中巴友好合作关系继续不断得到发展。穆沙拉夫对我的表态十分满意，表示在执政后将进一步推动中巴友谊向前发展。穆沙拉夫信守诺言，在他执政的9年时间里，他5次访华，巴总理3次访华，我国胡锦涛主席、温家宝总理访巴，两国签署了《关于合作发展方向联合宣言》《睦邻友好合作条约》等一系列双边关系重要文件，两国关系上升到战略合作的高度。

20世纪80年代以后，中国改善和发展同印度的关系，对此巴方起初有所疑虑，担心中印关系的发展将对中巴关系产生负面影响，对此我做了耐心细致的工作，说明中印改善关系的必要性和好处，表示中印关系改善和发展决不以牺牲中巴关系为代价，中方的工作和以后的事实逐步打消了巴方的疑虑。

中巴建交60年来，相互坦诚相待，从不干涉内政，形成了高度互信。这是两国关系长期稳定发展的牢固基础。现在中巴友好已在两国形成广泛的共识。在巴基斯坦我常听到这样的话，即巴基斯坦内部存在很多矛盾和分歧，但在同中国友好这一点上，全国上下、各党派、各阶层都是高度一致的。巴基斯坦历届政府都一再重申，同中国友好是巴外交政策的基石。中国也一再表明，同巴基斯坦友好是中国的既定政策。正因如此，60年来，无论国际风云如何变幻，也不管两国国内情况如何变化，两国关系始终向前、向上，没有经历什么大的曲折、反复，这是我国同其他许多国家关系不同的一个显著特点。

在国家建设事业中相互支持，全面合作

建交以来，两国双边关系不断拓宽、拓深，现已成为覆盖政治、经济、贸易、科技、文化和军事领域的全方位、多层次的全面合作关系。两国在各领域都签有多个合作的协定或议定书，以确保在各领域的合作顺利开展。

两国在各项建设事业中一贯相互帮助。

20世纪50年代，两国在贸易上互通有无，巴向我国提供所需要的棉花、黄麻，我国则提供巴所需要的煤炭等。60年代后，中国在自己并不富裕的情况下，为帮巴发展经济和巩固国防，通过无偿援助和贷款等形式向巴提供了不少经济、军事援助。我国援巴建设的一些项目，像塔克西拉重机厂、塔克西拉电工厂、喀喇昆仑公路、伊斯兰堡体育综合设施、木札法戈电站、恰西玛核电站、瓜达尔深水港等等，以及一些军工项目，像坦克修理厂、飞机修理厂等等，对巴经济和国防建设发挥了积极作用，受到巴政府和人民的高度评价。

这里我要提及的是，江泽民同志还亲自参与了塔克西拉援建项目的建设。当年他在一机部当外事局长时曾率领一个工作组在巴工作了一个多月的时间，结识了不少朋友。1996年江泽民作为国家主席访巴时，还专门宴请了他的巴基斯坦老朋友。

20世纪80年代以后，两国的经济合作形式趋于多样化，劳务承包工程、合资企业、双向投资等形式被广泛采用，为两国的经济合作注入了新的活力，两国的经济关系迅速发展。至2010年，双边贸易额由50年代的1千多万美元增至86.67亿美元；承包劳务方面，我国企业在巴累计签订承包工程、劳务合作和设计咨询合同额198.7亿美元，完成营业

额 148.6 亿美元，巴基斯坦成为我国劳务承包的重要市场；投资方面，中方在巴直接投资总额 13.67 亿美元，巴在华投资项目 262 个，实际投资 5738 万美元。

两国在军工方面的合作，也由我国提供军事装备和帮助建厂发展到联合投资研发武器，并取得可喜的成功。这方面 K8 教练机、2000 年主战坦克、枭龙战机等项目就是范例。

两国在国家建设的各项事业中，互相支援、密切合作，使两国的友谊基础更加牢固。

在国际事务中相互支持，密切配合

在维护国家独立、主权和领土完整的事业中，两国一直相互支持。巴基斯坦一直支持中国关于中华人民共和国政府是代表全体中国人民的唯一合法代表、台湾是中国领土不可分割的一部分的立场，反对"两个中国"。巴基斯坦在 1966 年—1971 年期间一直是恢复中国在联合国合法权利的提案的联合提案国。我记得在很长一段时期内，在涉及台湾的问题上，巴方总要事先同中国协商，力求同中国保持一致。

对 1962 年中印之间的边界冲突，巴方认为责任在印方，中方是自卫，并批评美国等西方国家借机向印度大规模输送武器。

1989 年，以美国为首的西方国家，以中国政治风波为由，肆意干涉中国内政，对中国进行无理制裁，中断同中国的一切高层往来，巴基斯坦仗义执言，在联合国第一个站出来反对制裁中国，并为打破西方的制裁，专门派参议长萨贾特等率先访华，邀请李鹏总理访巴。萨贾特主席曾对我说，他那年访华没有什么别的任务，就是为了显示同中国的团结，打破西方的制裁。

巴方在日内瓦人权会议上坚持支持中国，对挫败西方历次提出的反华提案发挥了重要作用。记得我在巴任大使时，有一年唐家璇外长还专门发电指示我代表他宴请巴外长，以感谢巴方在人权会议上对中国的坚决支持。记得唐外长在指示电中以"气势恢宏、雄辩有力"的词语高度评价巴方在人权会议期间的发言。

巴基斯坦积极帮助我国打破西方的包围和封锁。1963年8月，巴基斯坦同我国签订《航空运输协定》，次年4月29日，巴国际航空公司（PIA）通航上海，我第一次去巴基斯坦乘的就是巴航航班。当年巴航通航中国对中国具有特殊意义。现在中国通外国和外国通中国的航班很多，但我们不应忘记，巴航是第一个开航中国的非社会主义国家的航空公司。记得当年巴航有一条响亮的、令他们骄傲的标语，叫"PIA, First to China"（巴航，首先到中国）。我在20世纪60年代后期和70年代前期在驻卡拉奇总领馆工作时，有一段时间每星期几乎天天夜间要陪馆长去机场迎送过往的团组。因为当年中苏关系恶化，我们经莫斯科往来也遇到困难的情况下，巴航和卡拉奇成了中国通向外部世界的主要空中通道。

我记得，当年巴航还给中国民航提供了很多帮助。我国最早从西方获得的民用飞机就是巴航转卖给我国的四架三叉戟飞机。巴航还帮助我们培训过此种飞机和以后购得的波音飞机的驾驶员和地勤服务人员。当时我作为总领馆的翻译，直接参与过许多相关事宜。

巴基斯坦积极帮助中国拓展对外关系。巴在中美领导人之间秘密传话，巧妙地安排基辛格秘密访华已成现代国际史中的佳话，我不赘述了。我要说的是巴不仅在中美之间，作为第一个同中国建交的伊斯兰国家，也在中国和不少伊斯兰国家之间牵线搭桥，其中在中国同伊朗之间的事是我一度亲历的。

巴基斯坦前外长后来成为总统和总理的佐·阿·布托同伊朗王室有着密切的关系。他在一次访问伊朗同伊朗王室接触时，获悉伊方有同中国发展关系的意愿，就主动承担起在中伊间传话的使命。当时他住在卡拉奇，就找我国驻卡拉奇总领馆商谈此事。我国总领馆请示国内后同意他传话。为此我曾陪馆长多次去他在卡拉奇的住宅。伊朗国王的孪生妹妹阿什拉夫公主和另一妹妹法底玛公主于1971年先后访华，就是通过布托的居中联系成行的。两位公主途经卡拉奇时，布托都设宴款待并邀请我国驻卡拉奇总领馆长出席作陪，我作为翻译也陪同前往。伊朗两位公主访华对中伊建交起到了重要的推动作用。后来中伊正式进行建交谈判，也是在巴基斯坦政府的斡旋下，在伊斯兰堡进行的。

在我国加入世贸组织，申办奥运会、世博会，以及成为南亚地区合作组织南盟（SAAC）观察员等问题上，巴方也给予积极支持。

在我任巴基斯坦大使期间，凡我就某个问题寻求巴方支持时，巴方总是满口答应。我脑海中没有与此相反的记忆。

当然，在国际事务中我国也给巴方以有力的支持。1965年9月，由于克什米尔争端，印巴之间第二次爆发战争。印度越过国际边界向拉合尔等地发动大规模的进攻，使巴遭到巨大的压力。中国在道义上明确支持巴基斯坦，谴责印度的

1976年，布托总理同中国驻巴第6任大使陆维钊在一起

扩张行径。根据巴方的要求，我们以最快的速度向巴方提供了一批武器和装备。当时我国还连续三次照会印度，对印度侵犯我国领土事件提出强烈抗议，要求其立即撤走入侵我方一侧的全部军队，并停止一切入侵活动。巴方对我国采取的配合行动十分感激。多年后，一些巴朋友还对此事津津乐道。他们说，由于我方的照会，印方不得不从印巴前线撤出一部分军队到中印边境，这就大大减轻了巴方前线所受的压力。

1971年11月，印度借口支持东巴基斯坦人民实现民族自决，悍然对东巴基斯坦发动进攻，第三次印巴战争因而爆发。在这个问题上，我国坚决站在巴基斯坦的一边，谴责印度无端侵略一个主权国家。我国驻联合国常任代表黄华在安理会紧急会议上发言，指出"东巴问题纯属巴基斯坦内政，任何人无权干涉。印度政府以东巴问题为借口，武装侵略巴基斯坦，这是不能容忍的。"后来在孟加拉国问题上，我国在联合国同巴基斯坦密切配合，维护巴方的利益，只在巴方近十万战俘全部获得遣返，巴方自己承认孟加拉国后我国才予以承认。

中国支持巴基斯坦捍卫独立主权和领土完整，极大地赢得巴基斯坦的人心。这两次印巴战争时我均在巴基斯坦，感到那时巴基斯坦人民对中国人特别热情友好，甚至有亚洲国家的外交官对我说，由于他们长的很像中国人，巴基斯坦人民对他们也更友好了，他们也沾中巴友好的光了。

20世纪70年代末，苏联悍然入侵并占领阿富汗。苏联的侵略行径使同是阿邻国的巴基斯坦和中国的安全都受到威胁，巴方受到的压力更大、更直接，成为抗苏前线国家。共同的利益促使中巴两国联合反对苏联侵略，整个80年代，中国通过各种途径支持巴基斯坦援阿抗苏，直至苏联从阿富汗撤军。

2001年"9·11"事件后，巴基斯坦面临极其复杂而困难的局面，再次成为国际风口浪尖的前线国家，内外受压。穆沙拉夫总统审时度势，改变对阿富汗塔利班政权的政策，弃塔就美，参加反恐。我国理解巴基斯坦的处境，支持巴基斯坦采取符合国家最高利益的政策，中巴在反对三股恶势力方面开展有效的合作，并曾多次进行联合军事演习。

在国际舞台上相互支持和密切配合，也是中巴睦邻友好合作关系的生动体现。

高层频繁互访，像走亲戚一样

20世纪50年代，中巴领导人互访不多，只在1956年1月宋庆龄副委员长访问巴基斯坦，3月贺龙副总理作为政府特使参加巴基斯坦成为伊斯兰共和国的庆祝典礼，10月巴基斯坦总理苏拉瓦底访华，12月周总理访问巴基斯坦。但60年代以后，随着中巴关系的迅速升温，两国领导人互访迅速增加。在我国国家主席中，刘少奇、李先念、杨尚昆、江泽民、胡锦涛等都曾访巴；总理中，周恩来、赵紫阳、李鹏、朱镕基、温家宝等访巴，周总理生前曾4次访巴，是我国领导人访巴次数最多的；在巴总统中，阿尤布·汗、叶海亚·汗、布托、哈克、伊沙克·汗、莱加里、穆沙拉夫、扎尔达里等访华或多次访华；总理或首席执行官中，苏拉瓦底、布托、居内久、贝·布托、谢里夫、贾迈利、肖卡特·阿齐兹、基拉尼等均访华或多次访华。两国议会、政党、军队领导人之间的来往亦很频繁，政府副部级以上的交流更多。无怪乎巴基斯坦朋友常说，中巴各级领导人之间的往来就像走亲戚、访邻居一样。在巴方新的领导人就任以后总把中国定为最早或尽早出访的国家，这已成为传统，保持至今。两国间的频繁往来，特别是领导人之间频繁互访大大地推动两国关系向前发展。

这里我要特别提到的是，周总理生前4次访巴，无数次接待过巴领导人和各种团组，为中巴友谊做了大量具体工作，作出了突出了贡献，赢得巴基斯坦人民的真诚热爱和尊重。我在巴基斯坦工作期间，一些巴方朋友，特别是同周总理有过接触的，谈到周总理时无不交口称赞。周总理逝世，一些巴方朋友就像我们一样悲痛。布托总理立即发表声明，表示最沉痛的哀悼。我还记得公布周总理逝世消息的那天，巴驻华大使阿尔维从广播中一听到消息，未经预约，就在早晨8点赶到外交部，表示哀悼。他在会客室见到韩念龙副部长后边说边哭，结果他们两人，加上当翻译的我，在会客室一时泣不成声。此情此景，我至今记忆犹新。巴基斯坦人民如此热爱周总理，无怪为了纪念他，巴政府在前外长夏希等友好人士的推动下，把伊斯兰堡通向使馆区的主道命名"周恩来大道"，这是巴基斯坦在首都以外国领导人命名的唯一的一条道路，是中国领导人在巴基斯坦享有的殊荣。

中巴关系经过60年的风雨历程已发展成一种成熟的关系，中巴两国已成为好邻居、好朋友、好兄弟、好伙伴。中巴两国对国际形势的看法和对国际和地区事务的立场有着广泛的共同点，在建设国家的事业中有着共同的愿望和广泛的互补性，两国之间没有任何争端，两国友谊已深入民心，成为"全天候"的友谊。在庆祝中巴建交60年的时候，我对中巴友谊充满信心，相信在双方的共同努力下，两国的友好合作关系必将继续向前发展。中巴友谊之花必将越开越繁盛，越开越鲜艳。

(2011 年)

建设瓜达尔深水港和中巴经济走廊的故事

今天，随着中巴经济走廊和"一带一路"的向前推进，瓜达尔港已愈来愈成为一个响当当的名字，然而，二十年前，瓜达尔港尚是巴基斯坦西南海岸的一个小渔村，名不见经传。2001年中国同意帮助巴基斯坦在瓜达尔建设深水港，特别在2013年中巴两国商定建设中巴经济走廊，瓜达尔港的重要性迅速提升，不仅成了中巴经济走廊的南端，也成为整个"一带一路"的一个重要节点，开始广为人知。

我个人第一次听到瓜达尔港这个名字却较早，我1964年在卡拉奇大学留学的时候，曾有巴基斯坦同学对我说，巴基斯坦有700多公里的海岸线，但目前只卡拉奇一个港口，这对巴基斯坦是很不够的，也是很不利的，因此巴基斯坦从1960年以后就有意建设第二大港，最合适的地点就是瓜达尔。1965年和1971年两次印巴战争过程中，印度派军舰封锁卡拉奇港，给巴基斯坦造成巨大的困扰，更坚定了巴方在瓜达尔建造第二大港的决心。但由于资金和技术等方面的原因，以及西方国家对助巴建设一个大港也无兴趣，所以巴方的愿望一直不能实现。

20世纪90年代以后，巴基斯坦政府加快了瓜达尔港筹建的步伐，并把目光投向了中国。我1999年出任驻巴大使后，巴交通部秘书（相当于常务副部长）曾两次约见我，介绍瓜达尔的情况和巴政府迄今为开发瓜达尔港所做的努力，表示强烈希望中国帮助巴在瓜达尔建设深水港的愿望，他们还强调瓜达尔的优越的地理位置，说瓜达尔离伊朗72公里，距霍尔木兹海峡仅400公里。特别在2001年朱总理访巴前夕，巴方交通部秘书和交通部长先后约见我，表示朱总理这次访巴是庆祝中巴建交50周年的最重要活动，巴方希望在朱总理访问期间，巴中能就建设一项类似喀喇昆仑公路那样的具有里程碑式意义的大工程达成协议。我当然把巴方所谈如实地报告了国内。

朱总理访问期间，穆沙拉夫首席执行官在会谈中又正式表达了巴方的愿望，朱总理作了积极的回应。会谈结束后，财长阿齐兹找到我，说穆沙拉夫首席执行官希望朱总理能就瓜达尔港问题讲一句能公开报道的话，请我向朱总理报告。我向朱总理报告后，朱总理指示我找唐家璇外长和石广生商务部长拟定一句话。但我还未来得及找二位部长商量，就得随总理出席巴工商联为朱总理举行的午宴。穆沙拉夫陪同朱总理出席午宴，估计午宴上，穆沙拉夫也直接向朱总理谈了他的希望。因此朱总理讲话时脱离稿子，加了这样几句话：巴基斯坦朋友希望中国帮巴方建设瓜达尔深水港，为此我们将派交通部长来巴基斯坦，就在瓜达尔建设深水港的可行性进行实地考察。朱总理的话音一落，全场就爆发出热烈的掌声。第二天的巴方报刊都在第一版显著位置进行了报道。巴方对朱总理表态的热烈反应，也充分显示了巴方对建设瓜达

尔港的热切心情和对中方参与建设的热情欢迎。

大约仅仅过了两星期，交通部长黄镇东就率团来巴基斯坦考察，黄部长告诉我，朱总理出访回国后的第二天，就把他找到办公室，向他交待了考察任务。后来我把这一情况告诉了穆沙拉夫，他听后十分感动，说："朱总理说到做到，雷厉风行，我要向朱总理学习！"

在陪同黄部长考察瓜达尔的过程中，一次当我们站在瓜达尔伸出海中的半岛的山上，我问黄部长："就从已考察的情况看，此处是否适宜建造深水港？"黄部长指着我们右前方很深的海水说："你看，下面的海水颜色很深，这说明此处海很深，我们所站的半岛相当高，这就构成了挡住此处常刮的西南季风的天然屏障，所以此处建深水港条件不错。"听到这里，我心里不禁想："看来，瓜达尔深水港有谱。"

黄部长回国后不久，中国政府就决定，应巴方的请求，参与援建瓜达尔深水港，并以无偿援助、优惠贷款和低息贷款等形式向巴方提供 1.98 亿美元融资，同时提供技术支持。双方还商定 2002 年巴国庆节时举行开工典礼。

中国政府派吴邦国副总理率团参加开工典礼。我陪吴副总理出席了开工典礼。我看到巴方对典礼十分重视，会场布置得很隆重，并对周围采取了严密的安全保卫措施，海上有军舰巡逻。典礼过程中，中国海外控股有限公司还在海面进行了喷土表演。

2007 年，瓜达尔港第一期工程竣工，3 个两万吨级泊位的多用途码头得以建成。第一期工程竣工后，巴方就港口的经营权进行了招标，新加坡港务国际公司通过投标获得了港口的经营权，但新加坡公司在接管以后长期没有干什么实事，

2002年，吴邦国副总理访巴出席瓜达尔港开工典礼，期间来使馆看望使馆同志并讲话

港口基本处于停顿状态，激起巴方强烈不满。2013年2月18日，巴方把瓜达尔港的经营权从新加坡公司转授中国公司。2013年和2014年，通过李克强总理和谢里夫总理先后互访，两国决定建设中巴经济走廊，确定瓜达尔港是中巴经济走廊的南端起点，同走廊的北端喀什市遥遥相对。

2015年，习近平主席对巴基斯坦进行了第一次国事访问，访问期间，同巴方商定1（即中巴经济走廊）加4（即瓜达尔港、基础设施、能源、产业合作）的走廊建设蓝图，并允诺向走廊项目投资460亿美元。自此瓜达尔港进入快速的发展期。

中国公司接管瓜达尔港经营权后对瓜达尔港实施了一整套务实发展措施，不仅继续港口的基础设施建设，修复各项港口功能，并加快配套设施和民生项目如学校、职业培训、海水淡化、照明等项目以及机场、通港公路等的设计和建设，同时筹组瓜达尔港自由区的建设。2015年瓜达尔深水港基本竣工。2016年11月13日，随着首批集装箱运出港口，瓜达尔港正式通航。包括巴基斯坦总理谢里夫、陆军参谋长拉希勒及中国驻巴基斯坦大使孙卫东在内的中巴官员见证了首批中国商船从瓜达尔港出海。此前，来自新疆的货柜车队在严密保安下，将首批约300个货柜的出口货物浩浩荡荡运抵港口，装上货船。顺便提一下，为了庆祝瓜达尔港开航，中巴两国的艺术家还在现场联袂进行了歌舞演出，在准备歌舞的过程中，艺术家还请我协助，将巴艺术家作词的歌颂巴中友谊的乌尔都语歌曲译为中文。我从视频上看到，中巴艺术家的表演很成功，受到与会者的热烈欢迎，谢里夫总理接见了他们。

与瓜达尔港项目配套的瓜达尔港自由区项目建设现在正如火如荼展开，目标是将其打造成巴基斯坦国际商贸物流中心、中巴产业对接互补平台。巴基斯坦目前已将瓜达尔港2000亩土地租赁给中资的中国海外港口控股有限公司，租期43年，用于建设瓜达尔港首个经济特区。据报道，已有18家中巴企业入驻自由区。

就我自己的体验，无论建设瓜达尔深水港，还是建设中巴经济走廊，都是巴政府和人民长期的愿望。还在我1999—2002年在巴任大使期间，时任巴总统穆沙拉夫就多次说过，鉴于巴基斯坦的重要战略位置，巴基斯坦可以成为南亚、东亚、中亚、西亚之间的交通枢纽，成为中国的贸易通道和能源通道。建设中巴铁路，也是穆沙拉夫总统首先提出的，他还聘请专家，就建设中巴铁路的可行性进行了研究。中巴就建设经济走廊达成协议后，巴领导人总统、总理经常在国内外讲话中强调中巴经济走廊对巴基斯坦和地区发展的重大意义。谢里夫总理多次高度评价建设中巴走廊的国际意义，甚至说这条走廊预示巴的未来，将使巴基斯坦成为这一地区的转口贸易中心，并将使30多亿人受益。巴基斯坦希望瓜达尔港成为重要的经济中心，成为阿拉伯海最重要的港口之一。在2016年斋月庆典上，巴基斯坦总统马姆努恩·候赛因说，巴中经济走廊具有改变巴基斯坦命运的潜力。巴方人士还强调瓜达尔港和中巴经济走廊的建设将为没有出海口的中亚内陆国提供一个最快捷的进出口港。为此，谢里夫总理出访中亚国家，鼓励中亚国家今后多使用中巴经济走廊和瓜达尔港。

至于中巴经济走廊和瓜达尔港对中国的战略意义，也是十分明显的。中国现正实施开发大西北战略，无论是建设瓜达尔港，还是建设中巴经济走廊，乃至建设"一带一路"，都将适应中国开发大西北战略的需要，一旦中巴经济走廊畅通，中国西部各省往西将获得一个便捷的出海口，其从中东和北非进出口的货物将比原来路线缩短80%，一旦中巴铁路和中巴之间的油气管道修通，中国从中东和非洲进口的石油，就可通过中巴经济走廊运回，这就十分有利于我国摆脱原来80%的能源进口要依靠马六甲海峡的困局，有利于保障我国能源供应的安全。同时，随着产业合作的展开，中方可将自己已经成熟的产业向巴方转移，这既有利于巴方，也将有利我国企业走出去和产业升级。

所以，建设瓜达尔深水港和中巴经济走廊，是适应中巴两国发展经济、提高人民生活的需要，对中巴双方都是双赢的项目。这也是为中巴经济走廊建设顺利开展，并成为整个一带一路项目中的旗舰项目和引领项目的重要原因，用王毅部长的话说，是"一带一路"大交响乐的第一乐章。

瓜达尔深水港和中巴经济走廊的开建给巴基斯坦人民带来了实实在在的好处，其社会效应有口皆碑。"1加4"的建设规划是一个巨大的系统工程，涉及社会生产生活的方方面面，开始实施以来，正不断改善巴的基础设施、交通运输能力和工业生产水平，特别是对巴方克服能源奇缺危机，正发挥重要的作用。原来巴基斯坦能源短缺，像伊斯兰堡这样的首都城市每天都停电数次，不但影响生活，也严重阻碍了工业的发展。目前已竣工的水、火、风、太阳能等各种能源的项目能提供182万千瓦电力，极大缓解了巴基斯坦电力供应不足的局面，并对巴基斯坦调整电力能源结构、降低发电成本等方面产生深远影响。同时随着走廊产业合作项目的上马，也将为巴基斯坦创造许多就业机会，据统计，中巴经济走廊对巴经济增长的贡献率是20%。

巴基斯坦对中巴经济走廊的支持可以说形成了全民共识，刚开始时有一个走廊路线之争和哪条路线先实施之争，随着这个问题因各方协商解决后，反对之声已变得愈来愈弱。最近巴政府更迭，正义运动党在大选中获胜，曾对中巴经济走廊有过微词的该党领导人伊姆朗·汗，在大选获胜讲话中立即声明，他过去对经济走廊讲的话，是针对谢里夫政府的，决不是针对中国的，随即在就任总理的就职演说和会见中国大使时就信誓旦旦地表示，新政府将坚决支持中巴经济走廊的理念和走廊的各个项目的实施，他还表示将在反腐和扶贫方面向中国学习。

什么是中巴经济走廊的理念呢？这个理念就是和平发展、合作共赢，是"共商、共建、共享"。这不仅是中巴经济走廊体现的理念，整个"一带一路"体现的都是这个理念，

心香花环

这个理念是与西方传统的"零和游戏"理念大不相同的，像和煦的春风吹遍大地，使人们耳目一新。2015年巴基斯坦的英文大报《观察家报》就当今各国领导人中谁是最强有力的政治家，进行了三个月的公民投票，结果84.3%的参与者投了中国国家主席习近平的票，习近平高票当选，为此《观察家报》专为介绍习近平主席出了一期特刊，许多人在自己的文章中高度赞扬习近平主席的外交思想，特别是他"和平发展、合作共赢"的发展理念和他关于建设"一带一路"的倡议。我应《观察家报》的邀请，也为这期特刊写了一篇文章，题目是"习近平主席爱人民"，我之所以用这个题目写文章，就是因为我回顾习近平在就任党的总书记和国家主席以后，他所采取的内政外交政策，都是以人民的利益，以中国人民的利益，也以世界人民的利益为根本出发点的，因而是广得人心和大得人心的。

就在那年，我还应巴基斯坦战略研究所的邀请，参加了该所为纪念联合国成立70周年举行的国际研讨会，我在发言中引用了这样一句巴国语乌尔都文的诗，来说明中国倡议建设"一带一路"的原因：

种树，就要种大爱之树，
邻居的庭院里也能开花结果。

我说，中国愿与其他国家，特别是邻国，分享快速发展的成果，愿与他们一起和平发展、合作共赢，这是习近平主席倡议建设"一带一路"的最重要的原因。我的话音刚落，全场就爆发出热烈的掌声，表示对我的观点的认同。

在中国改革开放四十年的过程中，援巴建设瓜达尔深水港、建设中巴经济走廊是我亲历较多的两件事，在这一段时间里，我进一步体会了中国改革开放的必要性和对世界的重大意义，体会了为什么中国在世界上的话语权逐渐增大，中国逐渐接近世界舞台的中央，也愈来愈认识到以习近平同志为核心的党中央的外交理念和政策措施是正确的，将会在国际上为我们国家赢得愈来愈大的回旋空间和发展余地，为"中国梦"的实现发挥不可或缺的重要作用。

(2018年8月)

中国提出的"一带一路"倡议为什么在国际上受到广泛而热烈的响应

2013年5月,李克强总理访问印度和巴基斯坦时,同印巴两国领导人就建设中孟印缅经济走廊和建设中巴经济走廊达成协议。2013年9月,习近平主席访问哈萨克斯坦时,提出建立丝绸之路经济带的倡议,在同年10月访问印尼等东盟国家时,提出建设21世纪海上丝绸之路的倡议,即"一带一路"的倡议,都受到有关国家的热烈欢迎。两年多来,"一带一路"倡议进展顺利,亚欧非越来越多的国家踊跃加入进来,特别是作为"一带一路"倡议的先导项目和示范项目的中巴经济走廊更不断取得实质性进展。这是为什么呢?我自己经过两年来的学习和观察,觉得其主要原因如下:

一、"一带一路"是我国和平发展、合作共赢全新发展理念的体现和实践。

记得有一位媒体界的朋友曾对我说过,"一带一路"刚提出的时候自己还不太理解,但过了一段时间,愈来愈认识到这是以习近平为总书记的党中央在外交上的大手笔,意义十分重大。我自己也是这样,随着时间的推移,对"一带一路"的意义认识越来越深。就像习近平主席在国内提出实现"中国梦"作为中国人民的奋斗目标,极大地集聚了中国人民为实现两个一百年奋斗目标的力量一样,"一带一路"的提出,大大地动员了和凝聚了各国人民建设和谐世界的积极性。我们提出"一带一路"倡议的依据和出发点,正是我们和平发展、合作共赢的崭新理念。

我国的外交政策是一脉相承的,也是不断发展不断完善的。大家知道,中国一贯奉行独立自主的和平外交政策,坚持"与邻为善,以邻为伴"的睦邻友好政策,既争取和平的国际环境来发展自己,又使自己的发展惠及别国,促进世界的和平和发展。中国绝不做超级大国,绝不称霸。习近平主席提出"一带一路"倡议,把我们对国际关系和发展的理念更具体化了,有了明确的路径和抓手。

习近平主席在访美和会见奥巴马总统时提出的中美应建立新型大国关系,指出中美关系不应是以前大国间"零和博弈"关系的翻版,而应是互相协作的双赢关系。中美合则两利,斗则俱伤,太平洋有足够的空间容纳中美两国,等等,也是我们和平发展、合作共赢的理念的体现,受到国际广泛的好评。

二、我们不仅提出全新的国际关系和发展的理念,而且雷厉风行,说到做到,采取切切实实的行动贯彻我们的理念。

我们提出建设"一带一路"的倡议后,立即在行动上积极推进。2015年3月的博鳌论坛期间,经国务院授权,国家发展改革委、外交部、商务部联合发布了《推动共建丝绸之路经济带和21世纪海上丝绸之路的愿景与行动》，对"一带一路"顶层设计作了规划，在国内也成立了"一带一路"的工作机制，编制了一批专项规划，出台了一系列配套措施。

在过去近三年时间内，习近平主席和李克强总理多次出访，期间也有更多外国领导人来访。领导人互访的过程中，双方签订了多个"一带一路"共建谅解备忘录，一些主要的"一带一路"骨架已经开始搭建。"一带一路"骨架指的是打造"六廊六路多国多港"。六大走廊的建设都在商议推进，有的已经进入到建设阶段，如中巴经济走廊。"六廊"指的是六大经济走廊，即中蒙俄、新亚欧大陆桥、中国—中亚—西亚、中国—中南半岛、中巴、孟中印缅六大经济走廊建设。而"六路"是一个形象的说法，包括公路、铁路、空路、水路、管路、信息路；"多国多港"，则指的是在海陆这两个方向上，选择一些重要国家和港口作为支撑点。

中国为推进"一带一路"倡议的实施，在资金上也采取了一系列的主动行动。你看，"一带一路"一经提出，中国就倡议建设亚洲基础设施投资银行，以帮助沿带沿路国家的基础设施如公路、铁路和港口的建设。中国主动拿出真金白银，为亚投行初始认缴资本500亿美元左右，占法定资本1000亿美元的一半，为亚投行的最大股东。中国倡议的亚投行得到各国的积极响应，参加国涵盖了除美国之外的主要西方国家，以及除日本之外的主要东方国家。现在由中国倡议成立，57国共同筹建的亚洲基础设施投资银行已正式开业。

中国还在同时提出设立丝路基金，为"一带一路"沿线国基础设施建设、资源开发、产业合作等有关项目提供投融

资支持，并为丝路基金出资 400 亿美元。在习近平主席访问巴基斯坦的过程中，中巴双方又商定把丝路基金的首笔投资投入巴基斯坦的一个能源项目，显示了双方对中巴经济走廊的重视。

中国 30 多年的改革开放的一条重要经验就是"要想富，先修路"，中国深知基础设施如道路对经济发展的重要性，中国这样做，也体现了中国愿与他国分享自己 30 多年的发展成就和经验的诚意。

中国积极推进"一带一路"采取的行动是实打实的。就拿巴基斯坦来说，在习近平主席 2015 年 4 月对巴进行首次国事访问期间，中巴就经济走廊建设签订了总共 51 项协议、合同、议定书等等，并允诺为帮助巴发展瓜达尔深水港、能源、基础设施和产业建设提供 460 亿美元的投资。在习近平主席访巴期间中巴双方商定的合作项目是建设中巴经济走廊最需要的项目，也是巴国计民生最急需的项目。

习近平主席访巴期间发表的《联合声明》中提到，在瓜达尔港项下就有瓜达尔港新机场、瓜达尔港东湾快速路等；在能源项下有卡洛特水电站等清洁能源项目，在巴设立中小水电技术联合国家研究中心等；在交通基础设施方面，有卡拉奇至拉合尔高速公路（木尔坦至苏库尔段）、喀喇昆仑公路升级改造二期（塔科特至哈维连段）、拉合尔轨道交通橙线等等；在产业合作方面有海尔——鲁巴工业园区等。《联合声明》未提及的还有很多。巴基斯坦目前能源很缺，制约了巴方经济的发展，而这 51 项中，能源方面的就占半壁河山。可以设想，随着这些项目的逐步实施，巴基斯坦能源短缺的老问题将会大大缓解，甚至最终得到解决。现在巴方预计在 2017 年，经济状况可望有大的改观。事实说明，实施中巴经济走廊项目以来，巴基斯坦的经济状况正在向好的方向发展，国际和国际组织对巴经济状况的评价正在上升，外资投资增加，巴外汇储备首次超过200亿美元。建设好中巴经济走廊也必将对"一带一路"倡议的实施发挥重大的示范作用。

三、中国的"一带一路"倡议切合相关国家的实际需要，有利于相关国家的发展。

"一带一路"沿线60多个国家大多是新兴经济体和发展中国家，多数处于经济发展上升期，都处在工业化、城镇化的进程当中，也都面临着基础设施建设、产业升级等一些经济社会发展的重大任务。中国提出"一带一路"，正好跟这些国家的愿望契合。

举例来说，完成"一带一路"建设就要实现相关国家之间互联互通，大多数相关国家基础设施都急待改善。正因如此，"一带一路"建设中，基础设施投资签约进展顺利，在六大经济走廊框架下，油气管道建设、电网建设、铁路建设加快推进。中国在同有关国家铁路合作方面已取得重大突破，已经启动建设的至少有雅万高铁、中老铁路、中泰铁路、匈塞铁路，莫斯科至喀山的高速铁路已经开始勘测，巴西到秘鲁的两洋铁路也开始勘测。

国务院发展研究中心副主任张军扩表示，经贸合作是共建"一带一路"的核心目标。通过经贸合作，扩大资源要素的配置空间，充分释放沿线各国的发展潜力，有助于给沿线人民带来实实在在的好处，也有助于为其他领域的合作奠定基础。

国务委员杨洁篪在去年的博鳌亚洲论坛上就宣布，未来5年，中国将进口10万亿美元的商品，对外投资超过5000亿美元，出境游客约5亿人次，中国的周边国家以及丝绸之路沿线国家将率先受益。

因此，随着"一带一路"倡议的实施，将为相关国家带来巨大的发展机遇。

总体上说，我国基于和平发展、合作共赢的理念而提出的"一带一路"倡议，得到国际上愈来愈广泛的响应和支持。不仅发展中国家积极支持，从英、法、德、意等西方大国不顾美国的阻挠，毅然加入亚投行的事实看出，许多发达国家也认识到"一带一路"可给他们带来的机遇。

我们的友好邻邦巴基斯坦对"一带一路"特别是对中巴经济走廊的热烈欢迎程度最为典型，在这方面我不妨多说几句。

中巴就建设中巴经济走廊达成协议后，巴总统、总理经常在国内外谈话中谈中巴经济走廊对巴基斯坦和地区发展的重大意义。谢里夫总理多次高度评价建设中巴走廊的国际意义，甚至说这条走廊是巴基斯坦的未来，将使巴基斯坦成为这一地区的转口贸易中心，将使30多亿人受益。巴方希望瓜达尔港成为重要的经济中心，成为阿拉伯海最重要的港口之一。巴基斯坦总统马姆努恩·侯赛因在去年斋月庆典上说，巴中经济走廊具有改变巴基斯坦命运的潜力。

去年12月，我应邀前往巴基斯坦出席巴战略学会举行的纪念联合国成立70周年的研讨会，我作了《中巴关系是联合国宪章精神的最好体现》的发言，其中我引用了一句乌尔都文诗来说明我们搞中巴经济走廊和"一带一路"的原因，这句诗为：

> 种树，就要种大爱之树，
> 邻居的庭院里也能开花结果。

我唸玩这句诗后说，这句诗正好体现了我国对发展问题的理念。这时全场立即热烈鼓掌。我进一步说，历史上大国的崛起往往以争霸为目标，这就常常导致新兴大国和守成大国之间的强烈的矛盾甚至战争，这也是20世纪发生两次世界大战的根本原因。现在中国也在崛起，但中国决不重蹈历史的覆辙。中国是社会主义国家，早就宣布不追求霸权，不做超级大国。毫无疑问，建设中巴经济走廊和一带一路，对我们自身的发展具有重大战略意义，有利于我们进一步改革开放，有利于我们利用"两种资源""两个市场"，尤其是保障我们能源安全，缓解一些部门产能过剩，有利于产业升级，但我们决不损人利己，不玩"零和游戏"，而是强调和平发展，合作共赢。我们强调要以自身的发展惠及他人，并欢迎他人搭自己的顺风车。与会者对我发言的反应相当热烈。

有一件事，极好地说明中巴经济走廊和"一带一路"在巴群众中受欢迎的热烈程度。

我国媒体最近报道了习近平主席被巴基斯坦人民通过投票选为世界政治家的消息。这件事我去年12月在巴基斯坦参加会议期间就知道了。巴基斯坦前驻华大使、现巴基斯坦战略研究所所长马苏德·汗告诉我，《巴基斯坦观察家报》在全

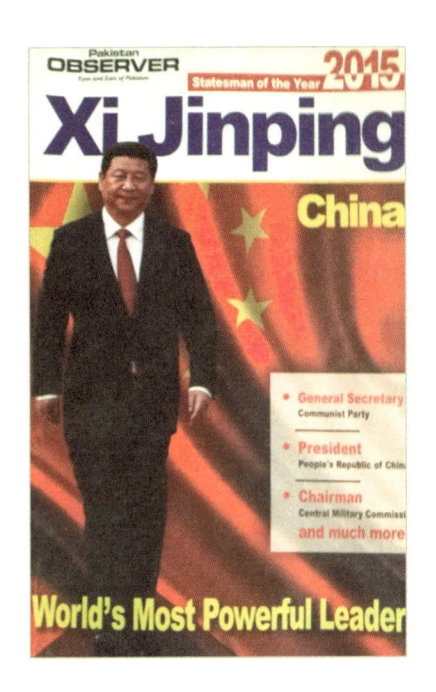

《巴基斯坦观察家报》关于习近平主席的特刊封面

国范围内就谁是当今世界政治家举行投票,结果习近平主席以84.3%高票当选。为此《巴基斯坦时报》将出一期特刊,全面介绍习近平主席和他的思想。该报主编希望也有中国朋友的文章,正好你在这里,就约你写篇文章吧。回国后我以"习近平主席爱人民"为题写了一篇文章,发给了该报。

最近我收到了那份报纸和特刊,特刊有100页,图文并茂,印得相当漂亮。刊物上也发表了我的文章。该报主编在给我的信中说,特刊印了5万册,且免费发送。他还在信中告诉我,这是他们的自发行动,并没有其他资助,是他们"为宣传被我们选为当今世界最强有力的领导人的一点贡献。"

习近平主席被巴基斯坦人民选为当今世界政治家,正好表明,习近平主席提出的"一带一路"倡议,以及他所阐述的关于国家关系和发展问题的新理念在巴基斯坦大得人心，在世界范围内也越来越得人心。

当然，无论是中巴经济走廊，还是整个"一带一路"倡议，都是重大的综合工程，是国家的长远发展战略，不可能一蹴而就。

例如，中国同这些地区实现互联互通，必须实现"五通"，即政策沟通、设施联通、贸易畅通、资金融通、民心相通。要实现这"五通"并非易事。一是涉及国家多，情况复杂，还受到有关国家政局、恐怖主义威胁、国家之间各种矛盾和争端的影响，一些大的基础设施建设也费资费时，其真正实施将是一个长期的过程。

为了使"一带一路"和"两廊"建设早见成效，习近平主席提出的"以点带面，从线到片，逐步形成区域大合作"的工作思路是可行的，现在也是在这样做的，中巴经济走廊和"一带一路"的建设不是建成之后才显成效，而是边建设边显成效，滚动发展，越滚越大。事实说明，这一思路成效是明显的。商务部数据显示，2015年全年，来自"一带一路"相关国家的对华投资增长了25.3%；与此同时，中国企业共对"一带一路"相关的49个国家进行了直接投资，投资额合计148.2亿美元，同比增长18.2%。这都要远远高于同期中国整体引资和投资增速。这说明，按习近平主席的思路走，双方的投资积极性都在增加。根据这一思路，中巴经济走廊的一些早期收获项目，如一些公路项目和能源项目将很快完成，取得实际收益。

习近平主席访巴期间发表的中巴联合公报说，"一带一路"倡议是区域合作和南南合作的新模式，将为实现亚洲整体振兴和各国共同繁荣带来新机遇。道路是漫长的，甚至是曲折的，但建设中巴经济走廊和"一带一路"是民心所向，大势所趋，体现合作共赢的理念，不针对任何国家，反映了时代的要求。中巴经济走廊和"一带一路"最终必将建成。

（2016 年）

巴基斯坦有一条"周恩来大道"

我们敬爱的周恩来总理是杰出的政治家、军事家、外交家,卓越的国家领导人,不仅深受中国人民爱戴,也在国际上享有盛誉。我们的友好邻邦、"铁杆兄弟"巴基斯坦,更在首都伊斯兰堡设立了"周恩来大道",以让国人世代纪念他。今天,在我们纪念周恩来总理诞辰120周年的时候,特把我所了解的有关情况写下来,以表达我对周总理的崇高敬意和深切怀念。

伊斯兰堡的"周恩来大道"路牌

巴基斯坦设立"周恩来大道"的经过

2004年6月,第二次中巴友好论坛会议在北京举行。会议快结束的时候,论坛巴方主席前外长阿迦·夏希向大家郑重宣告:"周恩来总理是巴基斯坦的伟大朋友,为发展巴中友谊作出过不可磨灭的重要贡献,他生前曾给予巴基斯坦多方面的支持,特别在第三次印巴战争中主持正义立场,为争取十万巴基斯坦战俘早日获释回归祖国发挥了重要作用。为表彰周恩来总理为中巴友谊所作的突出贡献,让巴基斯坦人民世世代代记住这位伟大的朋友,我联络一些朋友,联名致函穆沙拉夫总统,建议将通向使馆区的原叫大学路的道路改名为'周恩来大道'。令人高兴的是,我们的建议已被总统和巴基斯坦政府接受。"他的话音一落,全场就爆发出热烈的掌声。第二年,第三次中巴友好论坛在伊斯兰堡举行,我看到"周恩来大道"的路牌已耸立在原大学路的入口处,十分显眼。

亲身感受巴基斯坦人民对周总理的热爱和对中国的友好

我从最初在巴基斯坦留学到任驻巴大使,曾数次在巴长驻和生活,对巴人民热爱和尊崇周恩来总理我是深有体会的。周总理为中巴友好做了大量具体工作,是迄今为止访巴次数最多的中国领导人,而他生前接待过的巴领导人和各种团组则难以计数。我在巴期间,那些同周总理有过接触的巴基斯坦朋友在谈到他时无不交口称赞。

1955年万隆会议时，周总理同巴基斯坦总理穆·阿里进行了两次会晤。周总理开诚布公、求同存异、以理服人的风度和博大胸怀赢得了阿理总理的好感，双方一致认为应加强两国的交流和合作，这也直接促成了1956年两国总理互访。

两国总理互访时均受到对方热烈隆重的接待。巴基斯坦总理苏拉瓦底访华时，毛主席会见并宴请，周总理同他进行了4次会谈。毛主席、周总理还以亲笔题名的肖像相赠。2000年我在卡拉奇拜访苏拉瓦底的外孙女，在她的客厅里就看到毛主席、周总理亲笔签名的大幅织锦肖像。

巴基斯坦立国初期，出于其自身处境和安全的考虑，曾加入过西方国家主导的东南亚集体防御条约组织和巴格达条约组织。但巴方一开始就向中方说明：巴方这样做，完全出于自身特殊处境和安全考虑，绝对没有敌视中国的意图。中国对当时巴方同西方结盟当然是不悦的，但没有做出过激的反应，而是尽量体谅和理解巴方的处境，采取了克制和实事求是的态度，坦诚地做巴方的工作，后来根据巴方的实际表现，还对巴方的解释表示理解。

1973年，我从巴基斯坦回国后进入外交部亚洲司工作，从一位曾主管巴基斯坦事务的老同事口中亲耳听到一个真实的故事。一次，周总理接受一名巴基斯坦著名记者的采访，这位记者在报道中说到，周总理对巴加入《东南亚集体防御条约组织》和《巴格达条约组织》表示理解。我这位同事看到报道后想当然地认为，周总理不可能说这样的话，一定是记者造谣，就以新华社的名义起草了一个辟谣声明，声明稿经司里核准，送当时主管的部长助理乔冠华审批后，也就发表了。那位记者看到新华社的声明后十分生气，就找到我国

1956年12月，周总理访巴时受到巴基斯坦群众夹道欢迎

周总理在群众欢迎大会上发表讲话

1959年12月，周总理访问巴基斯坦时同巴领导人在一起，前排右一为巴总理苏拉瓦底，右二为巴总统斯坎达尔·米尔扎，周总理（前排左1）身后左侧为耿飚大使

驻巴使馆申诉。周总理知道后严厉地批评了外交部，他说我就在北京，你们为什么就不打个电话核实一下就发这样的声明？你们一定要做好善后工作，并向这位记者道歉！我的这位老同事说，这是他外交生涯中所犯的一大错误，教训很深，使他深刻地认识到，外交工作千万不能想当然，一定要多核实、多请示。我觉得这个故事对我这个新进外交部的人也很有教育意义，因此一直记忆至今。

1963年，中巴边界问题谈判解决后，两国友好关系迅速发展。1966年3月，刘少奇主席访问巴基斯坦，受到巴基斯坦人民异乎寻常的热烈欢迎。那时我还在卡拉奇大学学习，也参加了接待工作，当联络员。刘主席抵达那天，我在饭店里等候刘主席随行人员抵达，左等右等，怎么等也等不来，心里十分着急。直到随同人员抵达后才知道，当时热情的欢迎群众把刘主席的车队完全冲散了，热情的群众一边高呼"巴中友好万岁"的口号，把刘主席的座车包围了起来，有的群众甚至要把刘主席的座车抬起来走，以表达对刘主席的热爱。维持秩序的警察已完全控制不住，以致使车队抵达住地整整晚了两个小时。后来刘主席到了拉合尔，受到的欢迎更加热烈。那天，拉合尔万人空巷，人们都出来欢迎刘主席。

1976年周总理逝世，这在巴基斯坦引起的震动和悲伤简直不亚于中国。当时我在部内，并是主管巴基斯坦事务的科员，时任巴总理佐·阿·布托在立即发表的声明中说："周恩来总理逝世使巴基斯坦人民和政府感到深切悲痛""使巴基斯坦失去了一位可靠的朋友""作为一个反帝战士，在当代伟人中他占有不可磨灭的地位"。当时，巴全国上下为周总理致哀一星期；分别在1月10日和我国国内各界正式为总理举行葬礼那天全国下半旗；此外还有许多人赶到我驻巴使馆吊唁。

我清楚地记得，巴基斯坦驻华大使蒙塔兹·阿尔维一从广播中听到周总理逝世的消息，就立即未经预约赶到外交部表示悼念。那天早晨8点，我一进办公室就听到电话铃响，一听原来是传达室告诉说巴基斯坦大使前来吊唁，已经在传达室了。我立即赶到传达室，只见这位巴基斯坦朋友正眼泪汪汪地坐在那里。我立即把他请进会客室，并打电话请韩念龙副部长过来见他。这位大使一边流泪，一边诉说周总理对发展中巴友谊作出的突出贡献、对他本人的厚爱，结果会客室内三人，他、韩副部长和我这个翻译都泣不成声，这一幕我至今历历在目。后来，阿尔维大使当了巴基斯坦全国巴中友协的会长，一生为巴中友谊奔忙。

1964年2月周恩来总理访问巴基斯坦时，巴正在兴建新首都伊斯兰堡。周总理在伊斯兰堡的夏克巴里安小山上种了一棵乌桕树，这也是小山上外国领导人种的第一棵友谊树。后来，夏克巴里安山被称为"友谊山"。我在巴基斯坦时听说，周总理逝世时，巴基斯坦人民为了表达对周总理的悼念，在这棵树的枝叶上扎满了白花。

巴基斯坦人民如此尊崇周总理，难怪夏希等人提出立道纪念周总理的建议后，很快就被巴基斯坦政府接受、批准。

2015年11月，我受中国驻巴基斯坦大使馆的邀请，出席由我主编的《我们和你们——中国和巴基斯坦的故事》的首发式，其间又受巴基斯坦战略研究所的邀请，参加纪念联合国成立70周年研讨会。重访巴基斯坦，我又一次见到了伊斯兰堡高高竖立的"周恩来大道"的路牌。我还高兴地了解到，就在这一年6月，我驻巴使馆新馆落成启用时，巴政府特别批准将新馆的地址定为：周恩来大道1号。

此情此景，使我这次在巴逗留期间有感而发，写下了如下这首小诗：

伊斯兰堡的"周恩来大道"

一路直通使馆区，
高名周恩来大道。
生为友谊频往访，

中国总理不辞劳。

铁谊奠基功劳大,

友邦代代心记牢。

喜看道首大厦立,

中国新馆第一号。

"一带一路"下的中巴友谊大道愈走愈宽广

中巴建交 67 年来,由周总理和老一辈领导人打下深厚基础的中巴友谊不断得到巩固和发展。

1996 年江泽民主席访巴时,两国建立了"全面合作伙伴关系";2005 年温家宝总理访巴时,两国签订《睦邻友好合作条约》,把两国关系提升为"战略合作伙伴关系";2006 年胡锦涛主席访巴时,两国签订《自由贸易协定》;2013 年李克强总理和巴总理谢里夫互访时,两国商定建立中巴经济走廊,实现互联互通。

2015 年习近平主席访巴,两国宣布将两国关系进一步提升为"全天候的战略合作伙伴关系",还就建设中巴经济走廊这一重大合作项目达成投资 460 亿美元的协议、合同和议定书,两国关系更进入了崭新的发展阶段。中巴经济走廊是"一带一路"的枢纽工程,将把一带一路紧密地连接在一起,不仅使中巴两国受益,也如巴基斯坦总理纳瓦兹·谢里夫多次强调的,将使这一地区 30 多亿人受益。

随着两国关系的不断走上新台阶,两国人民赞美两国友谊的语言也从"比山高、比海深"的基础上又增加了"比蜜甜、比铁硬、比钢强",两国人民互称"铁哥们"。可以说,当年周恩来总理种下的那棵友谊之树正愈长愈茁壮,中巴友谊大道正愈走愈宽广!

(2016年)

腹有诗书气自华
—— 习近平主席的诗词情怀和诗歌外交初探

习近平同志是一位酷爱看书学习的人，青年时代他插队的陕西梁家河的老乡们就说他爱看像砖头一样厚的书，他读的书内容非常广泛，马列著作、历史地理、中国传统经典、中外文学名著、小说、诗歌等等，由于博览群书，并"从无字句处读书"，即从实践中学习，习近平主席的知识非常渊博。我学习习近平主席的著作《习近平谈治国理政》时，深感他在内外活动过程中，在发表讲话或谈话时，常常随手拈来，恰到好处地引用中外脍炙人口的诗句或名言、谚语，来表达自己的理念和情感，常使自己的话语十分生动，不仅易懂，而且文采斐然。下面我就习近平主席的诗词情怀和在外交上如何运用诗歌，谈一点浅见。

习近平主席对中国古典诗歌十分熟悉，他在讲话中引用的诗句内容十分广泛，从诗经到现代诗歌，从唐诗宋词元曲到古风歌行，说明他对古典诗词涉猎很深很广，深受中国古典诗词的熏陶，具有浓烈的诗人情怀。他热爱中国的古典诗词，自己也写诗词。例如他写的怀念、歌颂焦裕禄的词《念奴娇·追思焦裕禄》："魂飞万里，盼归来，此山此水此地。百姓谁不爱好官？把泪焦桐成雨。生也沙丘，死也沙丘，父老生死系。暮雪朝霜，毋改英雄意气！依然月明如昔，思君夜夜，肝胆长如洗。路漫漫其修远矣，两袖清风来去。为官一任，造福一方，遂了平生意。绿我涓滴，会它千顷澄碧。"他歌颂军民情的七律《军民情》："挽住云河洗天青，闽山闽水物华新。小梅正吐黄金蕊，老榕先掬碧玉心，君驭南风冬亦暖，我临东海情同深。难得举城作一庆，爱我人民爱我军。"词和诗都写得情真意切，十分感人，发表后备受赞赏，已广泛流传。

一位具有诗词情怀的领导人，往往在外交活动中自然地引用诗词来表达自己的理念和情怀，我们的伟大领袖同时也是伟大诗人的毛主席是把诗词运用到外交上的第一人，习近平则是这方面的佼佼者，他在对外讲话中引用诗词的例子不胜枚举。例如：

——2012年11月15日，刚刚履新的习近平总书记，在中外记者见面会上，以"夙夜在公"宣示责任担当，言简意赅，掷地有声。此语出自《诗经·召南》。

——2012年11月29日，在参观《复兴之路》大型展览时，习近平以"雄关漫道真如铁""人间正道是沧桑""长风破浪会有时"的诗句，概括中华民族的昨天、今天、明天，可谓用诗句壮写一部中国梦"简史"，气势磅礴，壮人心志。

——2016年9月，杭州峰会期间，习近平主席在二十国集团工商峰会开幕式上的主旨演讲中化用苏轼的"水光潋滟晴方好，山色空蒙雨亦奇"，描绘杭州的美好风光和韵味；引用宋代潘阆《酒泉子·长忆观潮》中名句"弄潮儿向涛头立"，号召二十国集团勇做世界经济的弄潮儿，很有感染力和鼓舞力量。

——多次引用郑板桥的诗句"千磨万击还坚劲，任尔东

西南北风",强调中国将坚持道路自信、理论自信、制度自信、文化自信。

——多次引用郑板桥的诗句"些小吾曹州县吏,一枝一叶总关情",强调政府和领导干部要关爱人民、体贴人民,关心人民疾苦。

——以"历览前贤国与家,成由勤俭败由奢",强调体察风气之紧要。

——以"宝剑锋从磨砺出,梅花香自苦寒来"的古诗,鼓励青年之志向。

——在表达文化应多元化和合作共赢的理念时他多次引用"一花独放不是春,百花齐放春满园"的诗句。

——在访问拉美和加勒比国家时引用王勃的诗句"海内存知己,天涯若比邻"、张九龄的诗句"相知无远近,万里尚为邻"和王湾的诗句"潮平两岸阔,风正一帆悬"等古诗来说明中国和拉美和加勒比地区的关系源远流长,不以山海为隔,并表达对双方关系今后发展的信心。

——为了说明我国和世界各国都有广阔的发展空间,像大海中的风帆,只要有顺风,就能行驶得很远,引用唐朝诗人尚颜的诗句"浩渺行无极,扬帆但信风"。

习近平主席不仅在外交活动中善用中国的诗词,也善用所访国家的诗句,例如:

——2013年3月访问俄罗斯期间,先引用俄罗斯的谚语"大船必能远航",然后引用李白的诗句"长风破浪会有时,直挂云帆济沧海"来表达对中俄关系未来发展的良好期望。在访问非洲国家时,既引用中国诗文名言,也引用非洲诗人的诗句。在访问印度时,既引用中国的诗文,也引用印度的诗文,特别对印度大诗人泰戈尔的诗句如数家珍。习近平说，泰戈尔的《吉檀迦利》《飞鸟集》《园丁集》《新月集》等诗集我都读过，许多诗句让我记忆犹新。他在讲话中引用了泰戈尔的诸多诗句："如果你因为失去了太阳而流泪，那么你也失去了群星""当我们是大为谦卑的时候，便是我们最接近伟大的时候""错误经不起失败，但真理却不怕失败""我们把世界看错了，反说它欺骗我们""生如夏花之灿烂，死如秋叶之静美"等等，他说："这些优美又充满哲理的诗句给了我很深的人生启迪。"他在2014年纪念和平共处五项原则60周年大会上发表的讲话中，引用泰戈尔的诗"你以为用战争可以获取友谊？春天就会从眼前姗姗而去"来说明和平的宝贵。

我是一个长期做中国和巴基斯坦友好工作的人，下面我想着重讲一讲习近平主席2015年首访我们的铁杆朋友巴基斯坦时运用诗歌的情况。出访前夕，他在巴基斯坦主流报纸发表了题为"中巴人民友谊万岁"的署名文章。文章一开始，习近平主席就引用了巴基斯坦国语乌尔都语的一句诗，来表达他对巴基斯坦深厚感情。他说：

"在巴基斯坦，有这样一句乌尔都语诗歌：'朋友的美好形象，就在我心的明镜之中，稍一低头，就能看见'，在我心目中，巴基斯坦就是这样一位好朋友。"

上述诗句是巴基斯坦广泛流传的一句赞美友谊的古诗。很有意思的是，我1999至2002年任驻巴大使时，时任巴基斯坦总统穆罕默德·塔拉尔在接见中国代表团时，曾多次引用这句古诗来表达他对中国人民的感情，而且在引用这句诗时，还会讲："中国朋友就是我们心目中这样的朋友。"由于他知道我懂乌尔都语，每次引用这句诗时总让我翻译，在我

译出这句诗后，如中国客人反应强烈，他还会高兴地说："这表明大使阁下把诗句表达的情意全部翻译出来了。"

习近平主席在对巴基斯坦议会发表的演说中还引用过另外一句乌尔都语诗："沉睡的中国人民开始觉醒，喜马拉雅山的山泉已开始沸腾。"这句诗是倍受巴基斯坦人民崇敬的巴基斯坦立国思想的最早提出者——伟大诗人、哲学家伊克巴尔在20世纪30年代初写的，表明在各自为独立解放而英勇奋斗的时候，中巴两国人民早就相互同情、相互声援。我在巴基斯坦长期工作的过程中，深感巴基斯坦人民异常喜爱这句诗，我已记不清多少人曾对我朗诵过这句诗，其中有耄耋老人，也有十几岁的孩子，他们还常说，他们为这句诗感到自豪，因为这句诗表明，他们的先哲早就预见到，中国人民很快就要站起来了。

习近平主席在自己的文章和讲话中引用巴基斯坦脍炙人口的诗句，从感情上拉近了同巴基斯坦人民的距离，在巴基斯坦产生了良好的影响。就在习近平主席访巴的过程中，我曾接受中央电视台的邀请，同一位巴基斯坦前驻华大使一起谈习近平主席访巴和中巴关系问题，我就注意到，他在谈话中就提到习近平主席的文章引用了上述诗句。我在习近平主席访巴后，也有多次访巴机会，我的好几位巴基斯坦老朋友，就同我谈起过习近平主席引用乌尔都文诗句的事，显示了这件事在巴基斯坦引起了广泛而良好的社会反响。

习近平主席在巴基斯坦议会的讲话中还首先引用了中国的一句古诗"与君初相识，犹如故人归"，并说，这就是我访问巴基斯坦的真实感受。以这句古诗形容中巴友谊深入人心、经得起时间历练，无论是老一辈人，还是新一代人，都能彼此产生一见如故、相见恨晚的感觉。

此处我想特别提到一件事，即 2015 年巴基斯坦的英文大报《观察家报》通过公民投票的办法，选举世界政治家，结果 84.3% 的参与者投了习近平的票，习近平主席高票当选，巴基斯坦人民那么尊重习近平主席，当然主要是由于中巴友好，中巴共建经济走廊符合巴基斯坦人民的愿望，习近平主席的外交理念受到巴基斯坦人民的欢迎，他的诗词外交也是无疑发挥了积极作用的。

综上所述，我们的领导人在外交活动中，高频率地引用诗词来表达自己的理念和情怀。缘何这样呢？除了当事人自己的诗词情怀外，也是因为诗是最形象、最生动而又最简练、表达力最强的语言，是语言的结晶，是人类情感的升华，是心灵的歌声。诗言志，又是志的最好的表达形式，在外交上运用诗歌可以锦上添花，产生独特的效果。

习近平主席在外交活动中大量引用中国古诗词，充分显示他对中国优秀的传统文化的高度自信和重视。他指出，中国特色社会主义文化，源于中华民族五千多年文明历史所孕育的中华优秀传统文化，中国的传统文化必须继承和发展，发展中国特色社会主义文化，就是以马克思主义为指导，坚守中华文化立场，立足当代中国现实，结合当今时代条件，发展面向现代化、面向世界、面向未来的，民族的科学的大众的社会主义文化。习近平主席强调，今天，我们要进行伟大斗争、建设伟大工程、推进伟大事业、实现伟大梦想，必须坚持道路自信、理论自信、制度自信和文化自信。2016 年 7 月，在庆祝中国共产党成立 95 周年大会上，习近平还指出，"文化自信，是更基础、更广泛、更深厚的自信""中华优秀传统文化是我们最深厚的文化软实力，也是中国特色社会主义植根的文化沃土。"

中华优秀传统文化积淀着中华民族最深层的精神追求，代表着中华民族独特的精神标识。没有高度的文化自信，没有文化的繁荣兴盛，就没有中华民族的伟大复兴。习近平主席在外交活动中大量引用中国古诗词，就是继承和弘扬中国优秀文化传统的实践，并且赋予它新的时代精神和新的内涵。

中国传统诗词是中国传统文化的重要组成部分。现在人类的文学活动的形式很多，但是诗歌是人类较早开始的文学活动形式，以后才发展到散文、小说、戏剧、电影、电视剧等等。中国的诗歌历史悠久，是高度发达的，是中国精神文明的一大宝库，里面饱含着我们先人五千年情感和智慧的积淀，其最核心的内容已经成为中华民族最基本的文化基因，溶进了我们的血脉里。学诗可以使人灵秀、情飞扬、志高昂、语言美。习近平主席无论是国内活动还是外交场合，大量引用中国古代的诗词金句，就是用中国古人的智慧给人以启迪，展现出中华优秀文化的独特魅力和深厚底蕴，就是在弘扬中国传统文化。

我个人深切地感到，十八大以来，在以习近平同志为核心的党中央的领导下，对国民的传统诗词教育得到了加强。例如在中央电视台开辟了诗词大赛栏目，在书法频道开辟了诗词讲解栏目，不久前在中央电视台开辟了《平语近人》栏目，请专家学者对习近平引用过的诗词和名句进行深入的讲解，都受到观众热烈的欢迎，反响强烈，全国各地的诗歌活动也在蓬勃地开展，文学界也已一改将传统诗词排除出诗歌类评奖活动的做法。我相信，由于领导人的带头示范和推动，加上大家的不懈努力，我们的诗词文化必将走出低谷，迎来万紫千红的明媚春天。

（2019 年）

中巴友谊从习近平主席引用的一句诗说起

习近平主席 2015 年 4 月 20 日至 21 日对我们的友好邻邦巴基斯坦进行了首次国事访问，访问前夕在巴基斯坦主流媒体发表了题为《中巴人民友谊万岁》的文章。文章一开始，习近平主席就引用了巴基斯坦国语乌尔都语的一句诗，来表达他对巴基斯坦的深厚感情。他说：

"在巴基斯坦，有这样一句乌尔都语诗歌：'朋友的美好形象，就在我心的明镜之中，稍一低头，就能看见'，在我心目中，巴基斯坦就是这样一位好朋友。"

上述诗句是巴基斯坦广泛流传的一句赞美友谊的古诗。记得我 1999 至 2002 年任驻巴大使时，时任巴基斯坦总统穆罕默德·塔拉尔在接见中国代表团时，曾多次引用这句古诗来表达他对中国人民的感情。

为什么中巴两国领导人会引用同一句诗来表达相互的情谊，而且说的几乎是相同的话呢，这是偶然的巧合吗？我觉得不是，这表明两国人民的友谊是何等的深厚，两国领导人对两国的友谊认同是何等的一致，他们完全想到一处去了。这绝不是一天形成的，而是两国友谊长期积累的结果。

习近平主席在对巴基斯坦议会发表的演说中还引用过另外一句乌尔都语诗："沉睡的中国人民开始觉醒，喜马拉雅山

2015年习近平主席访问巴基斯坦时，巴方打出"巴中是铁哥们"的欢迎标语

的山泉已开始沸腾。"这句诗是倍受巴基斯坦人民崇敬的巴基斯坦立国思想的最早提出者——伟大诗人、哲学家伊克巴尔在20世纪30年代初写的，表明在各自为独立解放而英勇奋斗的时候，中巴两国人民就相互同情、相互声援。正如习主席所说，"相似的历史遭遇，共同的斗争历程，使中巴人民心灵相通。"正是有这种感情基础，1949年中华人民共和国成立时，早我们两年获得独立的巴基斯坦成为第一批承认和同新中国建交的国家之一，而且是最早同我们建交的伊斯兰教国家。

中巴关系有一个明显的特点，即建交65年来，两国关系一直是向前向上发展的，从未经历过大的曲折反复，这同中国与一些其他国家的情况很不相同。1963年中巴两国经过时间不长的谈判就中巴边界问题达成共识并签定边界协议以后，两国关系的发展更进入了快车道。1996 年两国关系确定为"全面合作伙伴关系"，2006 年提升为"战略合作伙伴关系"，2015 年 4 月习近平主席访巴时两国关系更提升为"全天候的战略合作伙伴关系"，正如习近平主席所说，"全天候就是风雨无阻、永远同行的意思。这一定位是中巴全天候友谊和全方位合作的鲜明写照，可谓实至名归。"

的确，在过去几十年里，无论国际风云如何变幻，也无论两国的内政发生什么变化，中巴两国始终风雨同舟、休戚与共。中国同他国的关系定为"全天候战略合作伙伴"的，迄今为止，唯巴基斯坦一家，可见中巴关系的独特性。与此同时，两国人民赞美中巴友谊的词语也不断提升。我记得 20 世纪 70 年代是"比山高、比海深"，到 21 世纪初增加了"比蜜甜"，后来又增加了"比铁硬"，到习近平主席访问时更增加了"比钢强"。这一过程正是中巴友谊不断积累和提升的过程，两国人民之间感人肺腑的友谊故事不胜枚举。下面，我就习近平主席访问巴基斯坦时在讲话中提及的几个故事，展开说一说。

巴基斯坦为中国提供空中走廊

习近平主席在《中巴人民友谊万岁》一文中说到，他"年轻时就经常听说关于巴基斯坦和中巴友好的动人故事"。其中之一就是巴"为中国提供联系世界的空中走廊"。这是怎么回事呢？

大家知道，现在中国通向世界各国的航班和外航通向中国的航班很多，而且越来越多，但新中国成立后的一段时期，整个西方世界，除了少数几个北欧国家外，在美国的主导下，大都对中国采取敌对的态度，不要说同中国开航，甚至对新中国都不予承认，而继续承认蒋介石政权。所以，那时只有少数几个社会主义国家同中国开航，中国通向非社会主义国家的航班一个也没有。那时中国联系外部世界的路径很少，到中国同前苏联的关系恶化之后，中国通过莫斯科通向世界的路线也变得愈来愈困难。

就在这样的情况下，巴基斯坦率先于1964年开航中国，成为第一个开航中国的非社会主义国家。我记得很清楚，1964年我去巴基斯坦留学时就是从上海乘的巴航班机。那时巴航有一句响亮的口号，就是"PIA, First to China！"（巴航，首先到中国），我到巴基斯坦后看到，这句口号挂在电线杆和其他许多显眼的场所，非常醒目，说明巴基斯坦自己也为首先开航中国而感到自豪。在中国的空中交通线本来就少，而且愈显困难的情况下，巴航开航中国对中国的重大意义是不言而喻的。20世纪六七十年代我在驻卡拉奇总领馆工作，有一段时期我几乎每天晚上都要陪总领事去机场迎接照顾过往的中国代表团组，后来干脆配备2名外交官专门负责接待过往的团组和信使的工作，这说明那时从卡拉奇过往的中国团组是何其多啊！所以，说巴基斯坦为中国提供了联系外部世界的空中通道是恰如其分的。

我这里还想说的是，巴航不仅为中国提供了空中通道，而且对中国民航提供了诸多帮助。我们知道，由于对中国实行封锁遏制政策，中国从西方世界是难以得到什么先进的东西的。

我们从西方得到的第一批民航飞机就是巴航转卖给我们的 4 架三叉戟飞机。这 4 架飞机被我们用作专机。记得我 1978 年 2 月作为工作人员随邓小平副总理访问尼泊尔时往来乘坐的就是三叉戟飞机。巴航不仅转卖给我们飞机，而且帮我们培训了飞行员和地勤人员。后来我们购得波音飞机，开始时飞行员和地勤人员也是巴航帮我们培训的。由于我当时作为翻译直接参与了一些具体工作，因而知道一些具体情况。现在中国民航相当发达了，但是我们永远也不能忘记，巴航曾是中国民航的老师。

巴基斯坦老人志愿终身为中国筑路烈士陵园守陵

在习近平主席访问巴基斯坦的过程中，他给为中巴友谊作出突出贡献的 7 个个人和团体颁发了和平共处五项原则友谊奖，其中一位是数十年如一日自愿为吉尔吉特中国烈士陵园守陵的巴基斯坦老人艾哈默德。

我们知道，为了打通中巴两国间的陆上通道，也为了改变两国边境地区的极度封闭落后状况，20 世纪 60 年代，中巴两国领导人商定共同修建从新疆喀什到巴基斯坦塔科特的喀喇昆仑公路（也称中巴友谊公路）。公路全长 1224 公里，巴境内 800 多公里，中国境内 400 多公里，其中巴境内中国援建的路段长 600 多公里。公路翻越喀喇昆仑山和喜马拉雅山，最高点 4733 米，是世界最高的高山公路，沿线都是崇山峻岭、悬崖峭壁，多塌方、泥石流、雪崩、滑坡等自然灾害，建设过程极其艰苦，历时 13 年于 1978 年才全线竣工。

巴方举行竣工典礼时，中国派耿飚副总理作为特使率团参加了典礼。当时我是外交部主管巴基斯坦事务的官员，也作为工作人员参加了盛典。为了建设这条后被誉为"世界第八大奇迹"的公路，中国有140多人献出了宝贵的生命，其中88人埋葬在吉尔吉特的中国烈士陵园内，巴方也有不少人献出了生命，正如耿飚副总理在竣工典礼上说的，这条公路是两国人民用汗水、鲜血和生命铸成的友谊之路，巴领导人齐亚·哈克将军说，这是中国帮助巴北部地区实现了千年梦想。

艾哈默德老人是吉尔吉特当地老乡，他看到中国筑路员工不怕艰难困苦，远道自家乡来帮助巴基斯坦修路，纪律严明，从不扰民，还给当地人民做了诸如免费治病等许多好事，工程完工后又悄悄地离开，一点也不惊动民众，有的人还为工程献出了宝贵的生命，非常感动，因此烈士陵园落成后他同另一人主动提出要为烈士陵园守陵，为陵园打扫卫生，为陵园的树木花草浇水等等，而且一干就是37年。

这位朋友我曾见过三次。一次是1984年同使馆另一位外交官代表使馆去给烈士扫墓，一次是我任大使时应巴有关部门的邀请去参加当地的丝路节活动并扫墓，每次我都见到陵园被他们收拾得花木扶疏，干干净净，庄严肃穆。最近一次是我退休后在北京见到的。那年为了感谢他们几十年如一日为中国烈士陵园守陵，中国驻巴基斯坦大使馆特邀他和另一位和他一起守陵但已去世的老人的儿子访问中国，他们在北京时我曾出面宴请过他们。他们都是异常朴实憨厚的巴基斯坦老乡，言辞不多，但他们表示，中国朋友为了巴基斯坦人民的幸福献出了自己宝贵的生命，为中国朋友的陵园守陵是他们必尽的责任，这件事他们将世世代代自动地做下去。

心香花环

最近中央电视台"等着我"节目播出的一位巴基斯坦朋友用四十年寻找母亲的救命恩人的故事，十分动人。这位巴基斯坦人的父亲是一名军人，母亲在家操持家务，经常起早贪黑很辛苦。他16岁那年，母亲腹中长了个7斤多的肿瘤，被当地大医院诊断为"只剩一个月生命"。

绝望之中，他与父亲抱着最后一线希望，前往当地的中国筑路员工医院求助，中方经过商议后决定为其母亲做手术。手术过程需要大量输血，20多个中方筑路员工主动站出来，为这位母亲输血，这一幕让这位母亲的家人至今难忘。在母亲术后恢复期间，中方医生也经常来家看望，整个治疗医院没有向他们收取任何医药费。

曾被下了死亡通牒的母亲，因中国医生精湛的医术，被从死亡线上拉了回来，且又健康生活了36年。多年来，这位母亲一直心存感激，直到去世前还嘱托他儿子，一定要找到中国医生表达感谢。为实现母亲心愿，这个儿子努力学习汉语，希望找到恩人致谢。

为找恩人，这个儿子想了各种办法，终于通过"等着我"节目，找到了为他母亲开刀治病和护理的多数人员，实现了自己的和母亲的夙愿。中巴人员见面时双方都激动得热泪盈眶，场面是何等地动人啊！看了这个节目，人们也就不难理解为什么当地的村民那么怀念为帮助巴基斯坦筑路而献出生命的中国烈士，并自动为他们的陵园守护了。

这个故事也表明，中巴友谊为什么这样深入人心。

在国际事务方面，中巴两国始终密切配合，相互支持

习近平主席在巴议会的演说中说："在新中国打破外部封锁、恢复在联合国合法席位、探索改革开放等关键时刻，巴基斯坦总是挺身而出，给予我们无私而宝贵的帮助。"

这方面生动的事例很多，例如，巴基斯坦在涉及中国核心利益的一系列问题如台湾、西藏、"东突"、人权等问题上坚定地支持中国。从 1966 年至 1971 年，巴基斯坦每年都是关于中国提案的联合提案国，为恢复中国在联合国的合法权利发挥了重要作用。1989 年"六四风波"以后，以美国为首的西方国家肆意干涉中国内政，对中国进行无理制裁，中断同中国的一切高层往来。巴基斯坦仗义执言，在联合国第一个站出来反对制裁中国，并于 6 月 24 日派参议长萨贾特率先访华，成为"六四风波"以后第一个访华的外国领导人，后又派国民议会议长哈立德访华并参加我国庆庆典，并邀请李鹏总理 11 月访巴。萨贾特参议长曾亲口对我说过，他那年访华就是为了显示同中国团结，打破西方对中国的制裁。

1989 年以后西方每年都在联合国人权会议上提出反华提案，巴基斯坦坚决反对。巴基斯坦代表为我们冲锋陷阵，在各国代表中积极做工作，为历次挫败反华提案发挥了重要作用。记得我在巴任大使时，有一年唐家璇外长专门指示我代表他宴请巴外长，感谢巴在人权问题上对中国的坚定支持，还以"气势恢弘，雄辩有力"的词语高度评价巴方在人权会上的发言。

巴基斯坦配合我们反对"东突"的分裂活动，击毙"东突"头目马哈苏姆，并把抓到的东突分子交给我们，已同我们举行了多次反恐军事演习。

巴基斯坦帮助我们拓展外交空间。巴基斯坦在中美之间传话，精心安排基辛格秘密访华，为中美改善关系发挥重要作用已成外交佳话，我不赘述了。巴基斯坦作为第一个同中国建交的伊斯兰国家，也在中国和多个伊斯兰国家间牵线搭桥。其中中国和伊朗之间的一些事，我本人曾经亲自参与过。如伊朗同中国建交前，阿什拉芙长公主和法蒂玛公主先后访华，就是巴前外长（后成为总统、总理）的佐·阿·布托从中联系的。为此我曾陪同我国驻卡拉奇总领馆的负责人多次去布托在卡拉奇的住地谈有关问题。伊朗公主访华路过卡拉奇时布托曾设宴款待，也邀请了我国总领事，我作为翻译也参加了宴会。后来两国建交谈判也是在巴政府的斡旋下，在伊斯兰堡进行的。另外，在沙特阿拉伯和土耳其等国同中国建交方面，巴基斯坦也发挥了积极的推动作用。在我国加入世贸组织、申办奥运会、世博会，以及成为南亚区域合作联盟（SAARC）观察员等问题上，巴基斯坦也给了我们有力的支持。

同样，正如习近平主席指出的，"在巴基斯坦需要的时候，中国始终是巴方的坚强后盾。中国坚定支持巴基斯坦维护主权独立和领土完整的努力。"在1965年和1971年两次印巴战争中，中国都坚持正义立场，坚定地站在巴基斯坦一边。中国在自己并不富裕的情况下，为帮助巴基斯坦发展经济和巩固国防，通过无偿援助、低息贷款、联合研制等多种形式向巴方提供了不少经济、军事援助。中国援建的一些项目像塔克西拉重机厂、塔克西拉电工厂、喀喇昆仑公路、伊斯兰堡体育综合设施、古杜电站、木扎法戈电站、恰西玛核电站、瓜达尔深水港等等，对巴基斯坦的国计民生发挥了重要的作用。2013年两国又商定建设中巴经济走廊，实现互联互通，习近平主席2015年访巴时又就"1加4"的建设蓝图（即经济走廊加上瓜达尔深水港、能源、基础设施、产业合作）达成协议，中方允诺为项目的实施投入460亿美元巨资。现在各有关项目的建设正在顺利进行之中。巴基斯坦的一些重要军工企业像坦克修理厂、飞机修理厂和制造厂等都是在中国的帮助下和同中国合作研制发展起来的。习近平主席访巴时为他护航的战斗机（巴方称雷电，中方称枭龙）就是中巴共同研制的。

面对灾难，中巴两国守望相助、倾囊救援

习近平主席在讲话中提到，2008年中国汶川发生特大地震，巴基斯坦倾囊相助，出动所有的战略运输机，将全部战略储备帐篷第一时间运到了灾区。随行医疗队为节省飞机空间，拆掉了飞机上的座椅，一路上席地而坐。据知，考虑到巴方运到中国的共22260顶帐篷需要一大笔费用，巴基斯坦经济上也不富裕，中方提出要用购买的方式获得，但多次提出，巴方都不予答复，后来说，这些帐篷是我们的心意，其价值是不能用金钱来衡量的，还说，当你们救援我们的时候，你们提过钱的事吗？巴基斯坦救援队赶到灾区后中方为他们安排食宿，他们就说，我们是来救人的，我们自己已准备了

一些简单的食品，你们不要为我们的吃住操心，只要给我们菜叶吃就行了。由于巴基斯坦救援队在汶川大地震救灾中的突出表现，习近平主席访问巴基斯坦时也向他们的代表颁发了和平共处五项原则友谊奖。

2016年湖北汛期灾情严重，巴基斯坦慷慨援助10000吨大米。2015年，巴基斯坦军舰协助从也门穆卡拉港撤离8名中国留学生。巴方军舰指挥官下达命令："只要中国留学生不到，我们的军舰就不离港。"这掷地有声的话语再次证明中巴友谊情比海深。

同样，在巴基斯坦遇到大灾的时候，中国也是倾囊相救。习近平主席提到，2010年巴基斯坦遭受特大洪灾，中国第一时间伸出援手，陆空全方位施援，派出历史上最大规模的医疗救援队，首次派遣大规模车队和直升机执行救援任务，开创了中国对外援助史上的先河。

2014年底，白沙瓦恐怖袭击事件发生后，中方专门邀请巴方受伤学生和家人赴华疗养，让孩子们幼小的心灵感受到中国人民真挚的情谊。习近平主席在讲话中未提及的事也十分动人，如2005年巴基斯坦发生7.6级大地震，造成严重的人员和财产损失，中国也在第一时间派出了救援队，他们最早赶到灾区，比所有国际救援队都早，甚至比巴基斯坦的军队还早，中国大使也是最早赶到灾区的外国大使。在2015年也门撤侨行动中，中国军舰搭载176名巴基斯坦公民从亚丁港撤离，当时的动人情景，令巴基斯坦人感动得流泪。

总之，路遥知马力，烈火知真金。上述故事表明，长期以来中巴两国在各方面相互支持，相互帮助，结成了非常深厚的友谊，中巴友谊深入人心，成为"稍一低头"，就在"心的明镜之中"看到对方"美好形象"的朋友。我相信，随着中巴经济走廊建设的展开，随着"1加4"（即经济走廊加上瓜达尔深水港、能源、基础设施、产业合作）建设规划的完成，中巴之间全天候的友谊和全方面的合作必将更进一步发展，中巴将成为紧密的命运共同体，为两国人民带来无穷的福祉，并为"一带一路"的建设发挥示范和引领作用。中巴友谊万岁！

（2016年）

阿克拉姆·谢赫博士和江泽民主席的故事

2015年9月10日,我从北京去克拉玛依参加中巴经济走廊国际研讨会。我在乌鲁木齐转乘飞机,坐在机舱内静等飞机起飞时,看到一群巴基斯坦人进入机舱,其中有一位是我的老朋友阿克拉姆·谢赫博士。从巴基斯坦离任回国后,我同他已13年没有见面了,他也发现了我,并走过来同我热情寒暄拥抱。从简单的谈话中我获悉他和其他巴基斯坦朋友也都是来参加克拉玛依研讨会的。克拉玛依在2015年4月习近平主席对巴进行国事访问期间,同巴基斯坦的瓜达尔港建立友好城市关系,瓜达尔港是中巴经济走廊的南端。

在飞机上我们没能谈得很多,因为我们的座位不在一起,隔得很远。但在飞机上我回忆了同他的友谊,以及他同江泽民主席的友谊故事。

我同阿克拉姆·谢赫博士的友谊是从一封信开始的

我们的友谊始于1991年,那时我在驻巴基斯坦大使馆

担任政务参赞。1991年2月,巴总理纳瓦兹·谢里夫访问中国,周刚大使回国参加接待工作,我担任使馆临时代办。在谢里夫总理访问期间,中国共产党的新任总书记江泽民会见了他,并同他进行了亲切友好的谈话。江总书记在谈话中回忆了他在塔克西拉工作的日子,并且讲了几句乌尔都语,巴基斯坦朋友得知后十分高兴并且在第二天的报纸上以大字标题报道说,中国的新领导人曾在巴基斯坦工作过,并会讲巴国语乌尔都语。很快,使馆收到前任塔克西拉铸锻件厂总经理阿克拉姆·谢赫的一封信和随信寄来了一张照片,问中国现新领导人是不是照片上的曾在1976年和他在塔克西拉一起工作的那个人。我一看照片,正是江泽民同志,而且,我也设法了解到江泽民同志的确曾在塔克西拉工作过,于是很快给予他肯定的答复。

阿克拉姆·谢赫博士收到回信后十分高兴,然而他没有立即采取行动,恢复同江泽民同志的联系。1993年我在参赞任期满后回国,并在不久后去位于加勒比地区的距中国和巴基斯坦都很遥远的特立尼达和多巴哥共和国任大使,并一直工作到1998年。在特多任职期间我仍然很关心巴基斯坦和中巴关系,了解到江泽民主席曾在1996年对巴基斯坦进行了国事访问,并在访问期间特地宴请过他在塔克西拉结识的朋友。当然那时我不可能了解那时在阿克拉姆·谢赫和江泽民主席之间发生了什么。

1999年我被派往巴基斯坦任大使,那时阿克拉姆·谢赫先生已升任为联邦政府交通部秘书(常务副部长)。我向巴总统递交国书后不久,就去对他作礼节性拜会。

拜会时我注意到,在阿克拉姆先生的办公桌上和书架里

阿克拉姆·谢赫博士 1976 年 5 月为江泽民一行饯行的照片，1994 年江泽民在照片上签名留念。

放了好几幅他同江主席合照的照片。他高兴地告诉我，他为自己曾在 1976 年在塔克西拉同江泽民主席一起工作过感到荣幸。谈话中我得到的印象是，他非常珍视同江主席的友谊。

1999 年 9 月，阿克拉姆写信给我，热烈祝贺中华人民共和国成立 50 周年，并请我为他转达致江泽民主席的一封祝贺信，当然我照办了。

在我任大使期间，我同阿克拉姆先生或在正式的会见里，或在各种外交和社交场合多次晤谈。他热切地期待发展中巴友好合作关系，特别希望中巴合作发展瓜达尔深水港，这给我留下了深刻印象。我记得，就在我对他作礼访时他就对我谈了有关瓜达尔港的事，他甚至为巴中联合发展瓜达尔港的事两次同我约谈。一次他详细给我通报了有关瓜港的情况，对我说，建设瓜达尔深水港是巴基斯坦长久的愿望，巴基斯坦政府强烈希望中国政府帮助巴政府实现这一夙愿。2001年，就在朱镕基总理访问巴基斯坦前不久，他专门约见我谈瓜达尔港问题。记得他说，巴基斯坦政府希望巴中两国在朱总理访巴期间，能就合作建设一个类似喀喇昆仑公路的具有里程碑意义的工程项目作出决定。当然我把他所讲的一切都向国内作了报告。

在朱总理访巴期间，在正式会谈中，穆沙拉夫总统谈了请中方帮巴方建设瓜达尔港的问题，朱总理作了积极的回应。朱总理还在巴基斯坦工商联为朱总理一行举行的午餐会上宣布，他访问回国后将派交通部长来巴，就在瓜达尔港建设深水港的可行性进行考察。我记得朱总理的话音一落，全场就爆发出热烈的掌声。在朱总理回国后大约过了两星期，中国交通部长黄镇东就率领一个小组来到巴基斯坦，我陪同黄部长一行去瓜达尔港进行了考察。此后不久，两国在瓜达尔合作建设一个深水港的事就定下了。2002年3月22日，建设瓜达尔深水港的开工仪式举行，中方派了吴邦国副总理率代表团参加了仪式，我陪同吴副总理一行参加了盛大的仪式。阿克拉姆·谢赫先生对瓜港事务的快速进展感到由衷的高兴。

瓜达尔港开工仪式后不久，我就任职期满离任回国了。行前阿克拉姆·谢赫先生在住宅为我举行了盛大的欢送宴会。记得他邀请了很多客人，包括中国大使馆的主要外交官及夫人。他在宴会上所作的讲话和赠送给我的纪念品给我留下了深刻的印象。他赠送给我纪念品既大又重，我在答词中讲了下面一段话：

"中国有这样一句老话：礼轻情意重，现在我的朋友阿克拉姆·谢赫先生赠给我又大又重的礼物，大家可以想象他对我的情谊是何等的深重。但我认为他对我的情意不仅是给我个人的，也是给全中国的人民的。长期以来先生致力于中巴友好和合作的工作，甚至在我们大多数人还不知道江泽民主席的名字的时候，阁下就已经同江泽民主席在一起合作共事了。阁下对中国人民怀有深情厚谊，特别珍惜同江泽民主席的友谊。我衷心感谢阁下对中国人民的情谊，衷心感谢阁下给我的特大特重的礼物。"

阿克拉姆·谢赫先生同江主席的友谊故事比我原来了解的更长、更动人

我知道阿克拉姆·谢赫先生同江泽民主席的友谊很美好很有意义，因此当我开始编辑《我们和你们——中国和巴基斯坦的故事》的时候就想过应写一篇关于他们的友谊故事，编进这本书。但我缺乏了解他们友谊故事的详情，特别是不了解在我 1993 年和 2002 年两次离开巴基斯坦后他们交往的故事，所以未能如愿。但我在飞机上偶遇阿克拉姆·谢赫先生以后，我立即决定应从他那里了解详情，把我想写的故事完整地写出来。因此我在克拉玛依逗留期间我把我的意图告知阿克拉姆·谢赫先生，并抓住机会了解详情。我想《我们

和你们——中国和巴基斯坦的故事》的中、英文版已经出版，但乌尔都文版正在翻译之中，可以把文章加到乌文版中去，如果中、英文版再版，也可再加进去。

  我从克拉玛依回京后立即开始写作，并给阿克拉姆·谢赫先生发了电子邮件，对在写作过程中需进一步的情况提了不少问题，并请他将同江主席合影的照片发一些给我，以便我插到文中。他先回答了一些问题并发来一些照片，隔几天后他给我发来更多的照片，我一共收到20多张有关照片，他没再逐一回答我的问题，而是写了一篇题为"我同江泽民主席——一位充满魅力和眼光远大的领导人的友谊"的完整的文章，他以这样的方式回答了我所有的问题，使我写这篇文章变得非常容易。在信中，他告诉我他为回答我的问题日夜翻阅了保存的档案并写了这篇文章。他对友谊的忠诚和高度负责精神令我十分感动。从他的文章中我了解到，他同江主席的友谊故事比我原先了解的要长得多，动人得多。

  根据阿克拉姆·谢赫先生的文章，当他得知中国的新领导人就是曾同他一起在塔克西拉工作过的中国朋友时，他没有立即采取行动，恢复同江泽民主席的联系。因为他想当时当刻，江泽民作为国家首脑，特别在初始阶段，面临重大的国内、国际挑战性事务，工作一定是十分繁忙的，不宜去干扰他。直到2年以后，在1994年4月24日，他给江主席写了第一封信，请中国驻巴基斯坦大使馆转达。这封信附了一些江泽民在塔克西拉铸锻件厂的照片，请江主席在其中的一套照片上签字后退回。"考虑到江泽民主席极为繁忙"，他并未期望能很快得到回复，然而他在几周之后就收到中国大使馆一封信，信中转达了江主席对阿克拉姆·谢赫先生的感谢

1996年江泽民主席访问巴基斯坦时，阿克拉姆·谢赫博士前往机场迎接

和良好祝愿，随信还附有一套已经签字的照片。对此阿克拉姆·谢赫先生极为高兴。

1996年12月，江泽民主席对巴基斯坦进行了国事访问。行前中国大使馆同先生联系，传达了江主席希望在访问期间，在12月2日在他下榻的总统府会见并宴请塔克西拉重机厂和铸锻件厂的老朋友的愿望，并请先生帮助组织联系。阿克拉姆对此次会见提供了协助。江泽民主席抵达伊斯兰堡时，阿克拉姆·谢赫先生去机场迎接。老朋友见面时双方热烈拥抱。

根据阿克拉姆·谢赫先生的文章，当江主席会见老朋友时，强调他们"应忘记正式礼宾，而应回到1976年的自由而亲切的氛围中去"。江主席回忆了在塔克西拉的日子和访问的各个地方。他也对老朋友们介绍了中国的内外政策，甚至用乌尔都语同老朋友们相互问候。会见和宴会长达两个半小时，较正式宴会长了许多。宴会结束时江主席同大家合影留念，并且在他出发去拉合尔前在照片上签名分赠各位朋友。江主席在宴会结束时"非常亲切热情地为大家送行"。

宴会后阿克拉姆·谢赫先生代表他的朋友们给中国大使张成礼写了一封信，"对江主席给予他们的荣幸表示衷心的感谢"。

纳瓦兹·谢里夫总理于1998年2月11日至17日对中国进行了正式访问，阿克拉姆·谢赫博士作为巴基斯坦国家工程公司主席被列为陪同人员。他们抵达北京后不久，张成礼大使就告诉阿克拉姆·谢赫先生，江主席得悉他作为代表团成员来访，十分高兴。在江主席会见代表团时，远远见到

1996年，江泽民主席访巴时在总统府宴请1976年在塔克西拉结识的朋友

阿克拉姆·谢赫时就高声说："我的老朋友来了！"他热情地拥抱了阿克拉姆·谢赫，并说："相隔15个月后再次见到老朋友真是高兴。"在谈话中江主席再次提及他在塔克西拉度过的日子，并多次提到和阿克拉姆·谢赫的友谊，从中阿克拉姆·谢赫得到一个深刻的印象，即"江主席乃至整个中华人民共和国珍重老朋友"。

1998年3月，江泽民第二次当选为国家主席，阿克拉姆·谢赫先生写信，向他表示"最真诚的祝贺和最良好的祝愿"。

2005年，江泽民同志已经退休。那年应中国人民政治协商会议的邀请，阿克拉姆·谢赫先生偕夫人于12月1日至12日访华。在访问期间他不仅参加了21世纪论坛，而且还访问他感兴趣的一些地方。访问期间他未能见到江泽民，但在离华前给江泽民写了一封信，托巴基斯坦驻华大使馆转达。在信中他和他夫人向江泽民及夫人表达了"最诚挚的问候"，并告知他们在中国进行的各项活动。

2006年11月23日至26日，胡锦涛主席对巴基斯坦进行了国事访问。在访问期间，中巴签署了"贸易和经济合作五年规划"。此前阿克拉姆·谢赫已升任正部长级的国家计委副主席，他曾率团访华，同中方各部门就上述"规划"进行商讨，同时任国家发展改革委员会主任现任副总理的马凯进行过细致的磋商，并会见了时任外交部长的李肇星，李部长还把江主席的签过名的著作《为了世界更美好——江泽民出访记实》赠送给他。这本著作阿克拉姆·谢赫曾在曼谷购买过，书上有一帧他同江泽民在一起的照片。此外，李部长还赠送他签过名的一本《中华人民共和国和巴基斯坦伊斯兰共和国重要文件汇编》。

2006年江泽民在北京会见并设晚宴款待阿克拉姆·谢赫博士夫妇

在会见时，巴基斯坦大使萨尔曼·巴希尔建议他不要按计划回国，因为江泽民已邀请他赴晚宴，阿克拉姆·谢赫先生因而调整了自己的日程。2006年11月10日江泽民在自己的住地宴请了阿克拉姆·谢赫先生夫妇。江泽民盛情地接待了他们，轻松而亲切地同他们交谈。当阿克拉姆·谢赫谈到巴基斯坦期望一条连接中国和卡拉奇和瓜达尔港的贸易通道时，江泽民高兴地说，他们是在沿着正确的方向前进。江泽民还对他们说，他已告诉旁边的助手，今晚的菜的质量不能低于他本人在巴基斯坦吃到的菜肴。他的这番话使阿克拉姆·谢赫夫妇从心里对江泽民更感亲切了。

2008年11月，阿克拉姆·谢赫因参加国际金融和全球金融危机论坛会议并处理一些重要事务再次来到中国，江泽民夫妇再次设晚宴款待他们。这次他们讨论了演变中的全球和地区地缘政治形势问题，以及如何进一步加强中巴之间特别是经济领域的合作问题。从这次谈话中，阿克拉姆·谢赫先生强烈地感到，"巴基斯坦可以信赖全天候的巴中友谊"。

巴中友好故事将绵延不断

阿克拉姆·谢赫博士 2008 年同江泽民的这次会晤，是迄今他们的最后一次会晤，但他们的友谊故事将长久延续下去。39 年前他们在塔克西拉约一个月的合作已经演变成他们终生的友谊，他们的友谊从未因他们地位的升迁而受影响。正如阿克拉姆先生在他的文章中说的，"中华人民共和国的主席和整个国家本身珍重老朋友。"我个人在巴基斯坦生活了 20 多年，从我的经验中也强烈地感到，巴基斯坦领导人和人民也一样珍重老朋友，就像一句乌尔都名诗说的：

朋友的美好形象，
就在我心的明镜之中。
稍一低头，
就能看见。

记得巴基斯坦前总统穆罕默德·塔拉尔在会见中国代表团时，曾多次引用这句诗，来表达他对中国人民的深情厚谊，而每次引用时都请我这个会说巴基斯坦国语乌尔都语的时任中国大使翻译成中文。无独有偶，2015 年 4 月，中国国家主席习近平在到巴进行国事访问前夕，在巴基斯坦报纸上发表的题为《中巴友好万岁》的文章中，也引用了这句诗，来表达他对巴基斯坦的友好情谊。我认为这绝不是偶然的，这生动地证明了，中巴两国的领导人和人民是一样的，都珍重自己的朋友，都把朋友藏在自己的心里，并时时怀念他们。这也说明了一个月的友谊为什么会演变为终生的友谊，这也正是中巴两国会成为"铁杆朋友"的重要原因。

我的朋友阿克拉姆·谢赫博士已是一位老人，也已过退休生活好几年了。我们说老人也可有雄心壮志，阿克拉姆·谢赫先生仍在为自己的祖国努力工作，仍在为巴中友谊努力工作。退休以后他担任伊斯兰堡国家科技大学的名誉教授和中巴联合智库的联合主席。在克拉玛依国际研讨会上他所作的主旨讲话，是那样的全面和有说服力，使我深为感动。他对友谊的真诚也使我深受感动。为应我的要求，为我提供写出此文的材料，他日夜奋战，遍搜自己的档案，在极短的时间内写出一篇完整的长文，寄来许多照片，对此我真是感激不已。我可以想象那几日他是何等辛苦！他已同我们的前国家主席一起写了一篇非常美丽的友谊故事，我相信他必将同中国人民一起，在将来写出许多新的友谊故事。

（2015 年）

中国和巴基斯坦领导人之间的水果外交

最近,"亚洲文明对话大会"在北京成功举行。饮食文明是人类最基本的文明,民以食为天,饮食文明对人类发展的重要性是不言而喻的。为配合这次大会,北京、广州、杭州、成都等地举办了美食节,我本人也应邀出席了广州美食节的主要活动,在此期间,我在欣赏各种美食,特别是水果美食的时候,总不断温馨地忆起20世纪七八十年代中国和巴基斯坦领导人之间的水果外交。

巴基斯坦是盛产芒果的国家,由于独立后巴十分重视水果的栽培,培育出多种优质芒果品种。我在巴基斯坦长期工作和生活的过程中,几乎品赏过所有品种的芒果,其中几种优质芒果的名字像"信特里""娇萨""安瓦尔拉托尔"等等,我至今记忆犹新。近年,巴每年生产芒果约100万吨,是世界芒果出口的第三大国家,而中国过去生产的芒果很少,质量也不好,一般市场上是根本见不到芒果的。20世纪七八十年代,巴基斯坦领导人每年都给中国领导人赠送芒果,而中国领导人则以中国的名果荔枝回赠,因为巴基斯坦没有荔枝。有一年,毛主席把巴基斯坦领导人赠送的芒果转赠给工人宣传队,消息一出,全国人民才知道世界上有芒果这样一种珍果，有些单位为了让国人知道芒果长的啥样，还做成芒果模型进行展示。

中巴领导人之间互赠各自国家珍果的这一传统做法延续了多年，但后来停止了，因为不需要继续了。中巴两国领导人从互赠果品发展到互赠水果树苗，记得巴方领导人一次曾赠送近2000株芒果树苗，我们把这些树苗在适宜芒果树生长的南方省份像海南岛和广东栽培，并且取得成功。中方则赠送巴方许多荔枝树苗，巴基斯坦把中方赠送的荔枝树苗在北部山区栽培，中国还曾派专家帮助巴方栽培荔枝树。1989年，我出任驻巴使馆政务参赞时，高兴地发现，巴基斯坦市场上也能买到荔枝了，而且味道同中国的荔枝一样，这说明中国所赠荔枝树在巴基斯坦栽培已获得成功，并且已进入旺果期了。

今天中国的市场上，各种各样、大小不同的芒果琳琅满目，随你挑选，它已不再是稀罕物了。这些芒果有进口的，也有国产的，国产的芒果中一定有巴基斯坦树苗和这些树苗的儿子和孙子结的芒果。我们也从巴基斯坦进口芒果，有一年巴基斯坦芒果丰收和滞销，我们一次就从巴方进口1万吨芒果。既然两国的珍果双方都已生产，也就不再需要远道互相赠送了。

这里我还要顺便提一下，据现代研究，芒果的原产地是南亚，大家知道，玄奘为了求取佛教真经，曾经跋涉万里，克服难以想象的千难万苦，到今天的南亚国家，像印度、巴基斯坦、孟加拉等国度过了16年。在这些国家期间，他一定多次吃过甜美的芒果，并留下了美好的印象。回国后，玄奘撰写了《大唐西域记》，这部不朽的著作描述当时南亚110个国家、28个城邦的疆域、气候、山川、风土、人情、语言、宗教、佛寺以及大量的历史传说、神话故事，对了解南亚古代情况具有重要意义。无怪乎一位现代印度历史学家曾感慨地说，"如果没有法显、玄奘和马欢的著作，重建印度古代历史是不可能的"。关于芒果，在《大唐西域记》中有"庵波罗果，见珍于世"这样的记载，把"庵波罗果"说成是珍果。在现在的南亚各国，芒果都有"果王"的美誉，说它是珍果，名至实归。以至于迄今为止，人们一致认为，第一个把芒果介绍到外部世界的人是中国唐朝的高僧玄奘法师，你也许会说，唐僧说的是庵波罗果，不是芒果呀。殊不知，芒果在原产地南亚根本不叫芒果，我曾在印度和巴基斯坦留学学习乌尔都语，在乌尔都语和印度国语印地语里，芒果都不叫芒果，而叫阿姆果。玄奘的译名同原名是很接近的。我想给芒果取名芒果的一定是英国人，因为英国曾殖民印度两百余年，现代中文关于芒果的译法不是根据原名，而是根据英文。

芒果后来从南亚传到东南亚，再传到了地中海沿岸国家，18世纪后陆续传到巴西、西印度群岛和美国佛罗里达州等地。我从1994年至1998年曾出使加勒比岛国特立尼达和多巴哥，我看到，那里也有许多芒果树，而且果实也很好吃，这对已多年爱吃印度和巴基斯坦芒果的我，无疑是一件十分高兴的事。

第一个在著作中记载芒果的是中国人，但芒果树何时开始在中国栽培的，我没有什么研究。但我敢说，20世纪中巴领导人之间的水果外交对优质芒果在中国的栽培和推广，一定是发挥了不小的作用的，对现在中国市场上琳琅满目的芒果也是作出贡献的。

我们说中华文明博大精深，这不仅因为中国大地上诞生了伟大的文明，也因为中华文明是非常包容的，是非常善于兼容包蓄外来文化的，单就食材来说，我们就从外来文明吸收了多少东西啊！西汉张骞开辟丝绸之路，就从沿线国家带回了葡萄、胡萝卜、石榴、胡麻、芝麻等作物；以后在不同的历史时期里我们又从外国吸收了许多东西，但凡名字中有胡、番、洋字的，如胡萝卜、番石榴、番茄、番薯、洋葱、洋芋等等，都是原来本土没有的，是从外国引进的。我们现在几乎天天吃的玉米也是引进的。中国菜肴在世界上特别受欢迎，以致有"凡有人居处，就有中国菜馆"的美谈，我看一个重要原因就是中国饮食文化的广泛包容性。习近平主席在"亚洲文明对话大会"上说："中华文明是在中国大地上产生的文明，也是同其他文明不断交流和互鉴而形成的文明。"

习近平主席曾多次引用"各美其美，美人之美，美美与共，天下大同"的话来说明，世界上的各种文明无高低贵贱之分，应该相互包容、学习和借鉴，习近平主席还说过，"文化因交流而多彩，文明因交流而丰富"，无论是历史和现实都证明，他的这句话是多么的正确，而西方的"文明冲突论"又是多么的荒谬和有害。

（2019 年 6 月）

中巴友谊的花絮

今年是中国和巴基斯坦建交60周年暨中巴友好年，在两国政府和人民庆祝这一节日的时候，我深深地感到，通过60年来的共同努力，中巴两国关系真正成了睦邻友好的典范，成了建立在和平共处五项原则基础之上的国家关系的典范，中巴友谊真是"比山高、比海深、比蜜甜"。我在巴基斯坦工作和生活了多年，深深体验了巴基斯坦人民对中国人民的深情厚谊，动人的故事不胜枚举。下面我通过亲身经历的一个小故事，说明在巴基斯坦中巴友谊是多么深入人心……

这是一个发生在近二十年前的完全真实的故事，我至今记忆犹新。

一天，我出差在一条山间公路上行车，不幸误入歧途，陷入困境——前面没有路了。二十多米外，就是一条几十米深的险涧，涧内山石嶙峋，水流激荡，如果汽车掉下去，必然是车毁人亡。掉头吧，这里没有掉头的余地。我试着向后倒车，可是由于前倾坡度太大，汽车不但不后退，反而继续向前走。我搬来几块大石头，顶在车轮前，汽车虽不向前走了，但仍然像犯了性子的老牛似地，怎么也不肯后退。而且由于轮子老是原地打滑，竟在砾石上摩擦得白烟四起，把在一旁指挥的同事吓得大叫，以为汽车着火了。我进退两难，一筹莫展，急得头上直冒大汗。刚才我们还陶醉在一路的美景之中，可是此时此刻我们的情绪却一落千丈，沮丧极了，好像降到了冰点。

也许是倒车的轰鸣声惊动了宁静的山村，就在我们叫苦不迭时，一个二十来岁的小青年走了过来。他端详了一下我们的模样，笑着问道："是秦尼（中国人）吗？"我们答称是，于是他按巴基斯坦人的礼节，把右手举到胸前，道了声"色兰"（您好），并伸过手同我们握了握，说了句"我去去就来"，就走了。

不一会儿，小青年领来了七八个人，有大人，也有小孩，最小的大概十来岁。他们一到，二话不说，就要给我们推车，但被一位老者阻止了。这位老者先用手摸了摸车的前盖，然后打发那个小青年去取水，我走过去也摸了一下，明白了老人的意思，原来车盖已经热得烫手了，他吩咐取水，分明是为冷却水箱。在等水的片刻，我用乌尔都语同老人攀谈起来，得知他叫阿克巴尔，小青年叫拉希德，是他的儿子。老人六十多岁了，稀疏的白发在阳光下闪闪发光，胡子也是白的，成八字形在唇上翘向两边，显得格外苍劲。我迫于眼前的困境，说了句："今天我们遇到大麻烦啦！"老人听了却不以为然，说："不怕，有我们呢，而且你们中国人——"老人把右手向上一伸一抬，使劲地说，"勃浩特阿恰海（很好）！好人有真主保佑呢。"一句话说得我心里热乎乎的。老人告诉我，他曾在中国援建的塔克西拉重机厂当过守门人，同中国人打过交道，知道中国人诚挚、友好，真心帮助巴基斯坦，是巴基斯坦最好的朋友。他还记得他的一个朋友名字叫"李"，李向他学了不少乌尔都语，待他真好，有一次他生了病，李还带他们的头头来看他，还送药给他吃呢。

七八分钟后，小青年把水从山涧里拎来了，老人接过水桶，在车盖上浇了几遍，水用完后又让小青年去取了一桶，然后帮我掀开车盖，朝车头里面小心地浇了浇，再把水箱灌满，等到水箱冷却得差不多了，就指挥大家各就各位，按他的口令使劲。他做这一切显得胸有成竹，有条不紊，像个行家。就这样，在老人的指挥下，大家推的推，拉的拉，我的"老牛"终于退了回来，再经几次前进后退，"牛"头也掉了过来，我心上的一块石头总算落了地。

然而，当我把汽车开到平地停下来，回头一看，老人和孩子们竟已往村庄走了。不能让他们就这样走了，没有他们，我们今天真不知会怎么样呢！得好好感谢他们一番啊，我和同事追了上去，从口袋里掏出一把钱，边往老人的手里塞，边说："非常感谢大家啦，就请大家喝杯茶吧！"老人一看是钱，急了："不不不，这钱我们不能要！"我们怎么塞，老人就是不收，我们就往最小的孩子手里塞，那个孩子不但不受，还飞快地跑掉了。老人认真地说："这位中国朋友，您听我说，你们中国人帮我们那么多，我们帮你们这点小忙又算得了什么？要是我们收了你们的钱，我们心里会难受的，这点小忙我们太应该帮了。"老人的话很朴实，但话中饱含的真诚却把我们震撼了。我们又有什么好说的呢，但没有一点表示又实在于心不安哪，怎么办呢？

"有了！"同事突然喊了一声说，"我包里有一包中国糖果，给他们吧！""太好了！"我像从困境中解脱了出来，也高兴地喊了起来。我把糖果交给了老人，说："这是中国糖果，请你们尝尝吧！"老人一看是糖果，高兴地说："中国糖果我们收下了，谢谢你们啦！朋友们，你们知道吗？在我们的乌尔都语里糖和中国人是一个词呢，'秦尼'既是中国人，又是糖的意思，对我们巴基斯坦人来说，你们中国人就像糖一样甜蜜啊！"老人把糖果分给了孩子们，孩子们喊着"秦尼、秦尼"高高兴兴地回家了。

  返回的路上，我们结了冰的兴致又骤然升温，而且比来时更高了，我们经历的仅仅是中巴友谊的一小篇花絮，但就是这一小篇花絮使我们感到那么温暖，那么温馨！回望这小小的山村，我们觉得她比我们来时更美、更可爱了！

（2012 年）

弥足珍贵的记忆

中国和巴基斯坦是山水相连的友好邻邦，两国之间存在着全天候全方位的战略合作关系，两国人民一贯相互同情、相互支持，结成了深厚的情谊。我从留学生到大使，在巴工作、学习、生活了20多年，经历的友好事例不胜枚举，从中深深体会到了巴基斯坦人民对中国人民怀有的深情厚谊。下面，我就列举三则故事，说明中巴友谊是何等深厚、何等深入人心。

一直亮到年底的灯彩

2001年是中巴建交50周年，巴政府、军队和民间团体都举行了热烈隆重、丰富多彩的庆祝活动，给我留下了不可磨灭的印象。

一天，我应邀出席巴军方举行的庆祝活动，和时任首席执行官并兼任陆军参谋长的穆沙拉夫将军一起做主宾，巴军方主要首长、中国使馆武官和其他主要外交官夫妇也应邀出席。庆祝活动是在三军情报局的花园内进行的。我一进活动场地，就有一种特别欢乐的感觉。很显然，场地是经过精心设计和布置的，美丽而隆重，两国国旗并排悬挂着，还有许多体现中巴友谊的彩带、彩花、彩灯点缀。连餐桌上用布织成的桌花都是一半中国国旗的红色、一半巴基斯坦国旗的绿色。艺术家演出的是赞颂巴中友好的歌曲和民乐,气氛热烈、祥和。

　　令我更没有想到的是,在宴会进行的过程中,主持人突然站起来宣布:现在请穆沙拉夫首席执行官和中国大使一起为一个工程竣工揭幕。我听后感到十分纳闷:这里是花园,除了许多圆餐桌和四周的树木花草之外,并没有什么工程呀。我站起来同穆沙拉夫一起,被主持人请到一张方桌旁,主持人掀开桌上的盖布,然后请我们分别同时按下两个按钮。就在按下按钮时,我感到眼前一亮,然后身后爆发出热烈的欢呼声和掌声。我抬头一看,前面几百米外马尔格拉山的半边山坡都亮了,用灯光组成的巨大的"巴中友好50年"的英文字赫然在目。此时,我的疑惑也迎刃而解了,原来巴基斯坦朋友别出心裁地想出以这种独特而又隆重的方式庆祝巴中建交50周年,以表达对巴中友好的珍视和对中国人民的深情厚谊。我想,这在巴基斯坦恐怕也是史无前例的。

　　后来,这一灯彩每晚都亮,一直到那年年底才熄灭。从那天以后,我晚上出门参加活动,汽车开出使馆不久,远远地看见山坡上的英文大字,心里就很感动,也为中巴友谊感到无比骄傲。

一位热爱中国的小姑娘

　　2001年的一天,一位巴基斯坦人从巴中部城市费萨拉巴德给我打电话,他说:"非常抱歉打扰您,但我没有办法。我的小女儿在课堂上常听老师说,中国是巴基斯坦最好的朋友,中国在巴困难的时候总帮助巴,她就提出要我带她去见中国大使。我对她说,中国大使很忙,怎么有时间见你一个小孩呢。可她总是不依,我没有办法了,只能给您打电话。"我对他说:"来吧,我将很高兴见到你们。孩子是最纯真的,不能让他们失望。"

第二天,那位巴方朋友开了四个多小时的车,按时赶到了使馆。我一看,原来是个只有十来岁的小姑娘,长得十分秀气和可爱。我用中国茶水和糖果招待他们,他们很高兴,讲了很多话。小女孩告诉我,她的老师常给他们讲中国在巴方困难时提供帮助的故事,使她很感动。她还对我说,老师告诉他们,巴基斯坦有很多朋友,但有些朋友是不真诚的,是自私自利的,而中国是巴方最真诚的朋友。

小女孩临走时,我赠她一些中国出版的儿童读物和中国产的糖果,她表示很感谢,说:"我回去后一定把在中国大使馆受到大使热情招待的事讲给同学听。"

这件事我后来在外交活动中多次向巴方朋友提起,他们说这个故事很好,传达了我们巴基斯坦人对中国的感情。

巴基斯坦朋友为我过生日

2002 年,我在巴基斯坦的任职到期。回国前,很多巴方朋友为我设宴饯行。巴基斯坦前陆军参谋长阿斯拉姆·贝格将军同我联系稍晚一些,就排不上了,但排不上也要饯行,他只能给我安排早餐。

穆沙拉夫总统（左1）、参议长萨贾德（左2）在我方庆祝八一建军节招待会上

　　米尔扎·阿斯拉姆·贝格将军是巴军高级将领，1988年巴总统兼陆军参谋长齐亚·哈克因飞机失事遇难时，他是陆军副参谋长。以后，他先后任参谋长和参联会主席，成为巴方军队的最高领导人。1991年退休后，组建巴基斯坦国家安全与发展、国际环境研究基金会，并任主席。该会同中国多个智库建立了交流合作关系。贝格将军还经常把他写的文章寄给我参阅。他的文章写得好，很有文采，我很喜欢阅读。我也很喜欢找他交流对一些问题的看法，因而建立了深厚的友谊。

　　那天早餐过程中他问我："你的生日是哪天？"事也凑巧，那天正好是我的生日，我就脱口而出："啊呀，今天不正是我的生日吗？"将军立即祝我生日快乐，然后问我下一家宴请我的是谁，我如实告诉他是前参议长瓦西姆·萨贾德。我哪里知道，他随后就悄悄打电话把那天是我生日的消息告诉了萨贾德。

我和夫人从贝格将军家回来不久，就赶去出席萨贾德的午宴。萨贾德是我的老朋友，1989年我到巴方任参赞时他就是参议长；1999年我任大使时，他也是参议长。他在任参议长期间还两次代理过总统职务，我们有过许多接触和交往。他对中国十分友好。1989年6月，就在中国发生"六四风波"后西方宣布对中国实行制裁、断绝同中国的一切高层往来时，他毅然率参议院代表团访华，用他的说法："没有别的任务，就是为了表示对中国的支持，打破西方对中国的制裁"。

我们赶到萨贾德府邸时，只见许多客人已经到场，包括早上请我吃早餐的贝格将军，以及许多老朋友，其中还有我结交几十年的老友。宴会是冷餐式的，大家自取食物，然后找一个位置坐下用餐。开始一切如常，等到开饭的时候，主人突然站起来宣布："我们高兴地获悉，今天还是我们的老朋友大使阁下的生日，因此我想给他一个惊喜，我们要为他庆祝生日。"然后他让招待员推出一个相当大的蛋糕，并请我切这个蛋糕，这时宾主纷纷鼓掌，气氛十分热烈。此时我才恍然大悟，我在贝格将军家用早餐时无意中泄露了今天是我的生日，才有了现在这一幕！朋友们的情意和细致令我感动，于是在切蛋糕之前，我讲了这样一番话：

"我是一个不重视自己生日的人，也不庆祝自己的生日，如果今天早上贝格将军不问我的生日，我压根儿也不会记起今天是我的生日。朋友们在获悉今天是我的生日后盛情地为我过生日，是对我的厚爱，更体现了朋友们对中国人民的深情厚谊。我很感动，我的心被朋友们的情意融化了，谨向萨贾德先生,向贝格将军和在座所有朋友,表示衷心的感谢。"

这件事已过去 12 年了,因为体现了中巴两国人民之间亲人般的情谊,至今我还记忆犹新。

(2014 年)

喀喇昆仑公路巡礼
——对巴基斯坦驻华使馆学校学生介绍喀喇昆仑公路情况

尊敬的恩萨里校长先生，
尊敬的各位老师，
亲爱的同学们：
阿萨拉姆阿勒恭姆（你们好）！

恩萨里校长邀我给你们就中巴关系问题讲讲话，我很高兴地接受了，因为我非常愿意同青少年在一起。同青少年在一起，我会感到年轻和精力充沛，但更主要是因为中巴友谊的传承和进一步发展，归根结底，要靠你们，靠你们年轻的一代。我想了一下，现在我们两国决定建设中巴经济走廊，走廊同喀喇昆仑公路关系密切，而我又多次沿公路旅行过，有些感性认识，因此决定讲讲同喀喇昆仑公路有关的情况和游览经历，希望大家感兴趣。

喀喇昆仑公路也称中巴友谊公路，因为这条公路是我们两国共同建成的，是我们两国友好合作的结晶。公路从巴方境内的塔科特桥开始，向北穿过喜马拉雅山脉、喀喇昆仑山脉和兴都库什山脉，在红其拉甫山口越过中巴边界进入中国，再往东北行 420 公里抵达中国新疆维吾尔自治区的喀什市，全长约 1032 公里，在巴方境内 616 公里，在中方境内 416 公里。这条公路是在世界屋脊上建成的，是世界上最高的高山公路,沿公路一带高度在 7000 米以上的山峰就有 100 多座，世界 14 座 8000 米以上的高峰有 4 座也集中在这里，其中最高的是我们称作乔戈里峰而你们称作 K-2 峰的高峰，最高海拔 8611 米，仅次于高 8844 米的我们称作珠穆朗玛峰而你们称作 Everst 峰的世界第一高峰。

沿公路有 5 条长度超过 50 公里的大冰川，其中巴托拉冰川非常有名，是陆地上除极地外最长的冰川。这条冰川我远远见过，记得那是在下午接近黄昏的时候，冰川在霞光的照耀下正散发着橘黄的光芒，绚丽异常。建设这条公路是极其困难的，公路沿线尽是高山峻岭，悬崖峭壁很多，地质灾害像山崩、雪崩、泥石流、塌方、地震等频发，为了完成这条公路的建设，约 700 多人献出了自己的宝贵生命，其中巴方约 500 人，中方多少，我没有得到确切的数字，因为在建设的前阶段，中方牺牲的人员都是运回国内安葬的，后来才改为就地安葬。那时我正在外交部亚洲司工作，就经常看到因地质灾害而造成我人员牺牲的电报。我方牺牲人员仅安葬在吉尔吉特丹纽尔烈士陵园的人就达 88 人。建设这条公路开始被人们认为是不可能的，但我们把它建成了，因而被人们称为世界第八大奇迹，是中巴友谊创造了这一奇迹，正因如此，我们两国人民都为建成这条公路感到骄傲。

建设这条公路那么困难，那么我们为什么要建造这条公路呢？这是因为我们两国都极需这条公路。我们知道,在古代,

心香花环

笔者为巴基斯坦使馆学校学生作关于喀喇昆仑公路的报告后接受献花

东西方之间有丝绸之路相连，其中有一条线路就通过今天的巴基斯坦北部地区。丝绸之路非常狭窄，弯弯曲曲，只适合骆驼行走，完全不适应现代交通的需要，而且丝绸之路在东西方的海上通道打通之后就渐转沉寂，在有些地段已几乎淹没。

我们中国有一句流传非常广的话，就是"要想富，先修路"，没有这条公路时，巴基斯坦的北部地区是非常闭塞的地方，重重大山使那里的人民与世隔绝，有了这条路，巴北部地区就有了一条通向外部世界的通衢大道；中国相对闭塞的西部地区也获得了一条通向西部世界的通衢大道。这是我们当年的领导人毛泽东主席和周恩来总理，巴基斯坦的领导人阿尤布·汗总统和佐·阿·布托外长下的决心合作的英明决定，功德无量。

我们两国建设喀喇昆仑公路的协定是1966年签订的，实际建设也是从那年开始的，经过12年的艰苦努力，公路巴方段于1978年全线通车。记得公路竣工典礼是在塔科特

1978年喀喇昆仑公路竣工，耿飚副总理作为中国政府特使参加竣工典礼，与齐亚哈克总统一起为公路剪彩

大桥举行的，中方派耿飚副总理率领中国代表团参加了仪式。我作为代表团的一员，也亲历了仪式。双方许多筑路员工都参加了仪式，仪式热烈隆重，充满了欢乐的气氛。我们知道，伊斯兰堡的友谊山是巴政府邀请访巴的外国元首和总理种树留念的地方，为了纪念这次意义重大的通车典礼，巴方还专门邀请耿飚副总理也在友谊山上种了一棵树。

我个人沿喀喇昆仑公路旅行过三次。第一次是1980年我和另一外交官代表中国驻巴大使馆去吉尔吉特的丹纽尔祭奠为筑路牺牲的中国烈士。我们是乘飞机抵达吉尔吉特的，巴方为我们的祭奠活动举行了隆重的仪式，在祭奠活动完成后，巴方朋友安排我们坐吉普车去红旗拉甫山口。我们先在陵园停留了半小时，对陵园进行了仔细的观察，读了墓碑上每个人的名字，以示我们对他们的怀念。我们看到陵园维护得很好，打扫得干干净净，并且种上了许多花草树木。然后我们对看墓人进行了慰问，代表使馆向他们表示感谢，并赠给他们我们从使馆带去的礼品。这两位看墓人都是志愿者，一位叫阿里·马达特，当时已经81岁，一位叫阿里·艾哈穆德。为了感谢他们几十年如一日为中国烈士看墓，我国驻巴使馆曾邀请他们到中国来访问，他们在北京时我曾去看望他们，并在饭店里宴请了他们，阿里·马达特已经过世，因此来的是他的儿子和阿里·艾哈穆德。他们都是异常朴实的人，他们说，中国的年轻人为帮助我们修路，远道来到我们这里，并且献出了宝贵的生命，我们有责任把他们的墓园维护好。他们还表示他们将世世代代做这件事。

做完必做的事后，我们径直向红旗拉甫出发。道路两边的景色非常壮丽，美不胜收，我们的右边则有吉尔吉特河和洪扎河先后陪伴我们，为我们潺潺地歌唱。我们到红旗拉甫山口大约花了6小时，抵达时已是黄昏时分，夕阳把四周的群山染成金色，异常壮观。我们在界碑前照了相，然后把一脚踏在中国的土地上，另一只脚踏在巴基斯坦的土地上，高兴地大喊："哈哈，现在我们同时身处两国啦！"当时在山口，除了界碑外，没有看到什么建筑，连一个士兵都未见到。当时我想，大概由于中巴友好，我们对对方都是不设防的。

我们在山口大约停留了10分钟，由于天渐渐暗下来了，我们依依不舍地上车返回。

车开了大约3分钟，我们的司机突然大叫起来："马可波罗羊，马可波罗羊！快看马可波罗羊！"我们朝着司机指的方向看去，看到大约500米远的山坡上，大约30多只羊正在爬坡。司机说："这就是闻名世界的马可波罗羊，这种羊只生活在高山地区，现在已经很少见，但你们很幸运，见到了他们！"马

1980年陆树林在红其拉甫山口巴方侧

可波罗羊我过去就听说过。据说，700多年前，意大利的旅行家马可波罗在寻访中国途中，在帕米尔高原见到了这种羊，并记录在《马可波罗游记》这本书上，从此这种羊以马可波罗羊的名字扬名天下。不过我们的司机告诉我们，这种羊在当地另有别名，他告诉了我们这个名字，可惜我未能记住。不过我对自己能在这次旅行中见到这种羊感到很高兴。

我们的吉普车在飞快地前进，四周是一片黑暗，只看见车灯照亮的公路路面；四周也奇异地安静，只听到汽车行驶的声音和洪扎河与吉尔吉特河奔腾的声音。我们知道，左手边就是悬崖峭壁，如果司机稍有不慎，我们就会坠入河中，车毁人亡，但此时却并不害怕。因为我们知道，司机是位有经验的老兵，他已在这条路上不知行驶过多少次了，对路况非常熟悉。途中我们在一个地方休息过夜，早晨起来继续前进，抵达吉尔吉特已是第二天10点了。

从吉尔吉特回伊斯兰堡我们乘的是飞机,所以又有了从天上俯瞰喀喇昆仑公路的机会。从天上看,公路大部分是沿印度河的河岸走的,并三次跨越印度河,仿佛一条飘带弯弯曲曲地漂浮在崇山峻岭之中。这里的山也大部分是白皑皑的雪山,但渐近伊斯兰堡时雪山变成了青山,最后连山都少见时,伊斯兰堡到了。

我第二次在喀喇昆仑公路旅行是在中方段,那是1987年,中方段公路竣工,我作为外交部的代表去参加了通车仪式。我们乘车从喀什出发,经塔什库尔干时,在招待所里休息过夜,第二天早晨继续前进,大约过3个多小时才抵达边境哨所,

1987年笔者在红其拉甫山口中方侧

从哨所再开 2 个多小时才抵达红其拉甫山口，那时因为是 10 月，我们在那里看到的冰雪较少。

中国段的喀喇昆仑公路也是修建在高山峻岭之上，景色壮丽，尤其在途中我们经慕士塔格峰时，看到的景象格外雄奇，慕士塔格峰被称为冰山之父，遍体冰雪，又异常高大，因此非常雄伟，其附近还有公格尔峰及公格尔九别峰，三山耸立，如同擎天玉柱，雄立天地之间，它们巨大高耸的山体身披雪的盛装，倒映在湖水里的景象更是美极了。我在那里还喝了当地传统的食品羊油汤，这种汤油层又厚又清亮，陪同我们的当地人说，喝了这种汤，身体就会感到特别暖和特别有劲，我喝了以后感到确是如此。我们从红其拉甫山口回喀什就什么地方都未停，到达目的地共花了 12 小时。

我第三次在喀喇昆仑公路旅行是 2001 年夏天，受巴基斯坦政府邀请作为嘉宾出席在吉尔吉特举行的丝绸之路节庆典。考虑到第一次去吉尔吉特是乘飞机，这一次我特别选择了乘汽车前往。我偕夫人带了自己的秘书一大早就从使馆出发。车行不到一小时，我们抵达哈里普尔，我知道这是巴基斯坦的前总统阿尤布·汗的故乡，之前曾参观过阿尤布·汗出生和早年生活过的村庄。这一带盛产柑橘，我曾看到那里的农民把柑橘堆在道路两旁，正以相当便宜的价格出售。

著名的古城塔克西拉就在附近。中国东晋的高僧法显和唐代的高僧玄奘曾在那里留学。古代从白沙瓦到拉合尔，包括塔克西拉和哈里普尔以及阿富汗东部部分地区都在古国 Gandhara 的范围之内，Gandhara 在中文典籍里译作犍陀罗，塔克西拉曾是犍陀罗国的首都，在中国的典籍里译为呾叉始罗。唐僧玄奘在他的《大唐西域记》中曾这样描述呾叉始罗及其附近的地方："地称沃壤，稼穑殷盛，泉流多，花果茂。气序和畅，风俗轻勇，崇敬三宝"。犍陀罗地区特别是塔克西拉对佛教传播到中国起了非常重要的作用。我坐在车内一边欣赏一路的风景，一边回想这一地区的历史，口占了四句诗：

途　中

回眸来路风景秀。
此地古称犍陀罗。
佛教从此传中国，
法显玄奘曾记游。

　　离开哈里普尔经阿勃塔巴特我们即进入山区，而且愈往前走山愈高峻，不久就到达塔科特大桥，这座桥我是认识的，是座钢架桥。因为那年我随耿飚副总理曾到过这里，并在桥前照过相，这是喀喇昆仑公路的南端。
　　我们下车在塔科特桥上停留了十分钟，桥下河水湍急，发出隆隆的声响。从这里开始，汽车都沿着印度河河岸行驶，印度河就在我们的右边，有时是在悬崖峭壁下面奔腾。大约过了一小时，我们在一家位于印度河边的饭店用餐。餐后我搬了一张椅子，坐在那里欣赏印度河两岸的风光。这里印度河的河水几乎是奶白色的，像千匹骏马从狭隘的山谷中奔腾而出，驰向宽广的大草原。前面的河面相当宽阔，因为对面河边人显得很小，他们的声音我也完全听不到。在这里我还看到几位中老年日本人，据说他们是来朝拜喀喇昆仑公路沿

笔者夫妇同赵立坚秘书在喀喇昆仑公路南起点塔科特大桥前留影

线的佛教遗迹的，日本游客对这一带的佛教遗迹十分感兴趣。半小时后我们继续前行，大约一小时后，我们看到路上停着一辆车，有三人正向我们招手，原来他们是从吉尔吉特远道赶来迎接我们，来给我们带路的。巴方朋友的热情周到，使我们很感动，大约过了半小时，巴方朋友安排我们在一个地方吃饭、休息、过夜。

  记得我们休息的地方是一溜平房，院子不小，旁边有一条清澈的溪流，且种有花木。我们的晚餐中有一道菜是烤全鱼，鱼并不大，大概二十厘米长，但味极鲜美。巴方朋友说，这是当地雪水里生长的鱼类，生命力极强。晚餐后我们继续在那里欣赏风景，看到附近的山壁上刻着一尊很大的佛像，引人注目，我问佛像是什么年代刻上的，答称，很可能是阿育王时代吧，因为阿育王是最提倡佛教的。我心想，如是，就有二千多年的历史，是极为珍贵的文物了。阿育王是印度

笔者夫妇同巴方陪同在途中一留有许多古代遗迹的巨石前留影

古代摩揭陀国孔雀王朝的第三代国王，他看到战争造成大规模的屠杀和流血，以致后来幡然悔悟，大力提倡佛教，不再杀戮。他是印度历史上的一个重要人物，对佛教的兴盛和发展，作出过重要贡献，因此被称为"佛教护法明王"，也称"无忧王"。

第二天一早，我们在巴方朋友的带领下继续向吉尔吉特前行，在抵达吉尔吉特约一小时前我们在道路旁边看到了一些巨大的石头，巴方朋友让我们停车前往观看，我们看到石头上有许多刻出来的图像，有动物、人像和文字，有些图案还有浓重的宗教色彩。巴方朋友告诉我们，这些都是许多代人类活动留下来的痕迹，历史悠久，最老的恐怕超过一万年了，要真弄懂它们的意思，就得请教达尼教授了。达尼教授我知道，也是我的朋友。他是著名的历史学家，特别是中亚问题和丝绸之路的专家。

在显示三座大山会合处的标志旁留影

    我们在那里停留了十分钟，然后继续前行，在抵达吉尔吉特约二十分钟前，巴朋友又请我们停下，并带我们前去看一路牌，上面的意思是：前面是世界三大山脉会合的地方。

    我们朝前一看，果然，世界最大的三座山脉喜马拉雅山、喀喇昆仑山和兴都库什山像三条巨龙游到此处会合，有感于眼前的惊心动魄的景象，我不禁口占了这样四句：

大山聚会

谁说高山不碰头，
此话到此应当休。
三座巨脉喜相会，
风景动魄一勾留。

心香花环

途中受到群众的欢迎

乘"骆驼"进入会场

途中出席群众欢迎大会

  我们欣赏完此处的风光后继续前进，不久就到了吉尔吉特。在快到丝路节会场时巴方朋友又请我们下车，说要请我乘骆驼前往会场，我一看骆驼原来是好几个年轻人用身体架起的一骆驼状的装置，感到骑在人身上进入会场不好，就说："此地离会场很近，我就自己走过去吧。"巴方朋友立即说："不不不，阁下，这是我们这里迎接最尊贵的客人的礼节，你不乘，他们会很失望的。"他们这样说，我就不得不客随主便，在巴方朋友的帮助之下，骑上了"骆驼"，摇摇晃晃地进了会场，我们一进会场，全场就爆发出热烈的掌声和巴中友好万岁的欢呼声。

  我们到达后，丝路节开幕式立即开始，先是北部地区官员讲话，然后中央部长讲话，还有各地代表讲话，他们在讲话中都强调喀喇昆仑公路给北部地区带来的巨大变化，对中国帮助巴基斯坦建设了这条公路所给予的无私援助表示衷心

笔者在欢迎大会上讲话

的感谢，都说历史上的丝绸之路是羊肠小道，现在已是通衢大道，过去从洪扎乘毛驴到吉尔吉特需要几天时间，现在乘汽车半天就到了。政府将利用北部地区的壮丽的风景、历史文化古迹和这条大道，大力开展旅游业，进一步推动本地区经济和社会发展，使古老的丝绸之路焕发新的青春。

　　我是参加开幕式的唯一外国代表，他们最后请我讲话。我对巴基斯坦人民给予的热情欢迎和所做的极其周到的安排表示衷心的感谢，赞美了中巴友谊，并回忆了一路过来路上的所见所闻，强调喀喇昆仑公路风景是如何激动人心，佛教遗迹是如何多，旅游资源是何等丰富，喀喇昆仑公路的旅游业将有无限广阔的前景。开幕式结束后，主人带我们去参观了附近的宝石展，展出的都是北部地区出产的各种宝石及宝石制品。北部地区盛产宝石，特别是红宝石，主人还赠送我夫人一件宝石制品，我们也以带去的礼品回赠。之后我们还参观了市容，我们注意到市场上商品是丰富的，许多商品来自中国，可见喀喇昆仑公路开通后，中巴之间的边贸很流畅，

陆大使向烈士陵园敬献花圈

瞻仰每一座墓碑

心香花环

在烈士纪念碑前留影

据说巴方出口新疆的土特产品也很多。有一位新疆商人还特地请我们到他的店里坐了一会,并热情招待我们一番,他告诉我他是五年前到这里来做生意的,专门出售中国的产品。在街上转悠一阵我们就到宾馆休息了。

第二天我们根据主人的安排先去拜会了地方官员,并同他们交换了纪念品,他们赠送的纪念品中有当地的传统服装,还为我们立即披上并且照相。

我们还去丹纽尔祭奠了为筑路牺牲的烈士。巴方举行了庄重的祭奠仪式,并准备了精美的花圈,我们向烈士陵园敬献了花圈,察看了每座烈士墓并念了每位烈士的名字,对看墓人进行了慰问。

祭奠完后我们立即向洪扎出发,那是同中国新疆毗连的地方,我们一路都受到非常热烈的欢迎,在几个地段,人们都是载歌载舞或列队欢迎,并给我们戴上美丽的花环。

特别是在拉卡波希峰的脚下，我们被载歌载舞的群众的热情和美妙舞姿感动了，也被眼前壮美的风景醉倒了，雄伟的拉卡波希峰就挺立在我们面前，银装素裹的高峰在阳光下通体闪发耀眼的光芒，令人震撼。据说，拉卡波希峰从四面八方都能看到，我抵达洪扎后站在宾馆的阳台上朝南一望，果然，它银光闪闪的峰顶仍然傲立在群峰之上。于是我写下了这样一首诗：

拉卡波希峰

银装闪耀日月光，
蓝天作衬何雄壮！
四面八方都能见，
只因傲立群峰上。

途中受到载歌载舞的群众的欢迎

心香花环

我们在向洪扎前进的半道中还欣赏了新疆歌舞，原来中国喀什歌舞团受巴方的邀请也来参加丝路节活动，此时他们正在一广场上表演新疆歌舞。当我们进入会场时，巴主持人立即宣告我的来临，于是全场起立，报以热烈的掌声。我们坐定后歌舞表演继续进行。我发现新疆歌舞在这里特别受欢迎，每个节目演完都是掌声雷动。我应邀也在会上讲了话，主要是祝丝绸之路节圆满成功，祝北部地区繁荣昌盛，祝中巴友谊万古长青。

我们在下午抵达洪扎的首府卡里姆阿巴特。午餐后我们参观了这里的名胜古迹，如现已成为博物馆的老王宫等。我们在博物馆里看到一些来自中国的文书和中国的文物，这些都显示洪扎同中国的历史联系很密切。我以前就听说，洪扎人是亚历山大东征时留下的希腊士兵的后裔。亚历山大东征时一路所向披靡，但在塔克西拉一带被当地的象军打得大败，被打败的士兵中的一些人躲入山区，后来辗转到了洪扎，并在那里定居下来，所以今天的洪扎人是他们的后裔。我问当地陪同，这些说法是否属实，他说："哎呀，都两千多年啦，今人如何说得清楚，不过许多人就是这么相信的！"我还特别注意了这里人的长相，发现这里人的欧洲基因不少，比如这里人很白，有些人的眼睛是蓝色的，头发是金黄色的。洪扎的语言称为巴鲁谢斯基语，同其他地方的语言很不相同，同国语乌尔都语也很不一样。洪扎还是著名的长寿之乡，八九十岁的男人能下地劳动，甚至结婚生子都不是稀奇事。

在宾馆晚餐后，我坐在房间外的阳台上欣赏洪扎的夜景。那是一个月圆之夜，空气是完全透明的，如水一样晶莹剔透的月光仿佛在座座银峰上泛滥，而我们白天参观过的此时已

洪扎王在家门前欢迎在喀喇昆仑公路上旅行的笔者

亮灯的老王宫等建筑，像悬在半空的琼楼玉宇。洪扎之夜成了充满诗情画意的梦幻世界，于是我的心中自然地涌出了如下的诗句：

洪扎之夜

月光如水泛银峰，
琼楼玉宇悬半空。
人间果然有奇景，
却在崇山峻岭中。

我久久地坐在那里欣赏洪扎的夜景，不忍离去，因为我知道，这样美妙的夜景在城市里是不可能欣赏得到的。

第二天早餐后我们先去拜会了洪扎的米尔（即王）。洪扎原为土邦，土邦王称米尔。巴基斯坦废除土邦制后，其米尔仍保留米尔的称号，并享有一些特有的礼遇。当时洪扎的米尔叫尕赞法尔，他冬天住在伊斯兰堡或其他地方，夏天常住洪扎。他在拉瓦尔品第的宅邸（Hongza House）曾被我们使馆租用，作为文化处的办公地点，因此同我们使馆一直保持友好往来，我自己也宴请过他，并到他在伊斯兰堡的家中做过客。他对我来洪扎表示热烈欢迎，感谢中国帮巴修建了喀喇昆仑公路，大大方便了洪扎人民出行，也给整个北部地区带来诸多变化。我们告别时还交换了纪念品。

离开米尔的宅邸后我们向红其拉甫山口进发，我们的汽车紧靠洪扎河行驶，两边的风光十分秀丽，地势愈来愈高，也愈来愈险要，不久我们抵达苏斯特，这是巴方设哨卡的地方，像中方的哨卡离边界线相当远一样，苏斯特离边境线有相当一段距离。主人在那里招待我们用了餐。菜肴中有一道菜给我留下了深刻的印象，那是一种特大块的羊肉。我一般是不大喜欢吃羊肉的，因为羊肉有膻味，但有两次吃的羊肉给我留下了特别好的印象，一次是在开帕尔山口附近的军营里吃的烤全羊，另一次就是在苏斯特吃的大块羊肉，均味道极鲜美且一点膻味也没有，我禁不住大快朵颐起来。

餐后主人对我们说，现在时间已不早，去山口还有相当一段距离，据报告前面路上还有塌方，路况不是很好，而回吉尔吉特路程又很长，因此建议我们就到这里，不往前走了。考虑到我已两次上了山口，因此接受了主人的意见，在休息一会后登上了返回吉尔吉特的路程。

第二天，主人安排我们从吉尔吉特乘汽车去游览北部地

与使馆同事和新华社记者一起留影

区南部的斯卡杜，出发之前我们就向主人告了别，因为我们接受主人的建议，将从斯卡杜直接乘飞机回伊斯兰堡。我们乘汽车从吉尔吉特到斯卡杜大约花了5小时，路况也不像喀喇昆仑公路那么好，所以来后我们体会到巴朋友的建议是正确的，是为我们着想的。

斯卡杜，人称"小西藏"，因为那里受藏族文化影响较大，那里藏族诗史"格萨尔王"也流传较广，具有藏族面貌的人也较多。那里有一片名"香格里拉"的湖区，湖水清澈，亭台楼阁建在碧水之上，景色旖旎，周围佛教遗迹亦多，是著名的旅游胜地。

我们游完斯卡杜后，乘飞机返回了伊斯兰堡，在飞行过程中我们既就近俯瞰了喜马拉雅山脉西部主峰长而庞大的南迦峰，也远眺了云雾弥漫的喀喇昆仑山脉的峰群，特别是突兀于云雾之上的世界第二高峰乔戈里峰的雄姿。

通过在喀喇昆仑公路上的三次旅行，我深刻地体会到修

笔者夫妇乘船游览斯卡杜萨特巴拉湖

建喀喇昆仑公路对中巴两国的重要意义以及修建这条路的艰辛，也体会了沿路风景之美和巴基斯坦人民，特别是北部地区人民为什么对中国人特别友好。从公路回使馆后我还写了这样一首诗：

赞喀喇昆仑公路

蜿蜒曲折登天头，

依山傍水景险秀。

丝绸之路成大道，

中巴友谊更上楼。

我的话讲到这里，也许我个人在喀喇昆仑公路上旅游的故事是讲完了，但我在结束之前必须补充两点重要的进展，即：一、自2006年开始，我们两国对喀喇昆仑公路进行了改建和扩建，此项过程现已竣工，这就是说，现在的喀喇昆仑公路比我旅行时更宽广更好了。二、经过2013年李克强总理访巴和谢里夫总理2014年访华，我们两国已商定建设中巴经济走廊，根据协议，我们两国将进一步提升喀喇昆仑公路的设施，将在两国之间铺设光缆，将修建中巴铁路和油气管道，并在公路沿线建设工业园区，进一步实现两国互联互通。当然，建设中巴经济走廊是一项宏伟的综合工程，不能一蹴而就，需要两国人民长期的艰苦努力。但是我们两国既可以凭借友好合作创造世界第八大奇迹，也一定能把经济走廊变成活生生的现实，造福两国人民。

中巴友好万岁！
谢谢大家！

（2014年）

枕带山湖雄且杰
——巴基斯坦首都伊斯兰堡巡礼

"枕带山湖雄且杰,平地新兴,伊斯兰巴德。"这是陈毅外长 1965 年访问巴基斯坦时赞美伊斯兰堡的佳句,也是这个新兴城市的极好写照。

巴基斯坦 1947 年独立以后曾以海港和最大工商城市卡拉奇为首都。但随着形势的发展,政府和人民越来越感到需要一个更合适的地点作为首都,1961 年 10 月他们在拉瓦尔品第东北马尔格拉山的山脚下破土建设新都,并命名为伊斯兰堡(旧译伊斯兰巴德)。22 年过去了,伊斯兰堡已由几个萧疏的荒村变成一个拥有 22 万人口的美丽城市,她如一颗璀璨的明珠在巴基斯坦的国土上闪光。

伊斯兰堡枕山带湖,气势雄伟。站在马尔格拉山上向南眺望,全城景色尽收眼底。东边和东南边群山起伏,岗峦重叠,那是巴基斯坦最著名的避暑胜地穆里山,要在冬天,远峰白雪皑皑,在阳光下熠熠生辉,分外壮观。从穆里山往下看,烟波茫茫,一湖碧水映入你的眼帘,那是巴基斯坦人民筑坝堵流建成的拉瓦尔湖,也是这个城市的主要水源。从拉瓦尔湖再往西看,越过一大片郁郁葱葱的森林和一座葱茏的

笔者夫妇在总统府前留影

小山，无垠的平原展现在你的面前，远处拉瓦尔品第隐约可见。从小山再往回看，一排排、一片片千姿百态的小楼掩映在绿树丛中，点缀在大山脚下，间或有几座高楼耸立，引人注目，这就是今天伊斯兰堡的主要市区。

伊斯兰堡是严格按照规划建设起来的，因此整齐有致是它的明显特点。全市自东向西大体分为使馆、行政、居民、公共设施、工业等大区，而每个大区的建设也是严格按规划进行的。拿最大的居民区来说，它被三条东西走向、四条南北走向的道路划分成整齐的八大块，每块约3公里见方，每块又围绕一个中心市场分为四个部分，每个部分都有市场、小学、中学、娱乐中心，每个居民区的小街道都按顺序以数字命名，因此在这里寻找住址很容易。

伊斯兰堡人民多年来致力于绿化工作，把这座城市打扮得花枝招展，绿荫处处。在春光明媚的季节，这里到处芳草如茵，繁花似锦，整个城市俨如一座大公园。据报道，伊斯兰堡现有各种树木1100万株，这里有许多公园和花园，最有名的要数玫瑰和茉莉花园，那里种有250种玫瑰花和数十种茉莉花，红白相间，分外妖娆。傍晚到这里散步，到处芳香扑鼻，沁人心脾，巴基斯坦园艺协会每年都要在这里举行花展。巴基斯坦每年举行两次植树运动，国家领导人带头植树。由于花木多了，加上周围建成了多座大水坝，这里的气候也变得温和多了，据说这里夏天的平均气温已较20年前下降2度。春天，各种鸟儿竞相歌鸣，给人以"处处闻啼鸟"之感。

伊斯兰堡破土始建以来的20年也正是中巴友好合作关系快速发展的时期，因此中巴友谊也在这座城市的建设中留下了明显的印记。上面提到的那座树木葱茏的小山叫夏克巴利安山，山顶的友谊公园里有周恩来总理1964年来访时种的一颗乌桕树，这是友谊公园里种下的第一颗友谊树，以后来访的中国领导人和其他国家来访的领导人也在这里种下了友

伊斯兰堡一景（议会大厦）

伊斯兰堡费萨尔大清真寺（沙特出资援建）

谊树。在夏克巴利安山和拉瓦尔湖之间有一片白色和玫瑰色的建筑群，特别引人注目，那是中国援建的体育综合建设施，其中的体育场能容纳 5 万人，体育馆能容纳 1 万人，将在今年全部竣工，能为伊斯兰堡人民提供良好的锻炼身体和举行各类体育竞赛的场地。这是中巴友好合作的结晶。

是的，在伊斯兰堡处处都能看到中巴友谊的体现，你走到街上，只要说自己是中国人，人们就会笑脸相迎，以朋友、兄弟相称。巴基斯坦人民对中国人民的深情厚谊给每个来访的中国人都留下了深刻的印象。

"平地新兴"的伊斯兰堡，你是巴基斯坦人民建设自己国家的决心和力量的象征，你是巴基斯坦人民的骄傲！

注：此文写于 1984 年，曾在同年 3 月 4 日《人民日报》上发表，所描述的是伊斯兰堡初具规模时的情景，当时伊斯兰堡人口 22 万，36 年过去了，伊斯兰堡已发展成有 100 多万人的中等城市，规划中的建设项目，像总统府、议会大厦、会议中心、大法院等都已建成，因此今天的伊斯兰堡比那时更美且繁华多了。

拉合尔
——巴基斯坦的心灵

在巴基斯坦长期工作的过程中,我深感巴基斯坦人民十分喜爱拉合尔这座城市。不少人对我说过,拉合尔是巴基斯坦的心灵,没有到过拉合尔,就不能说到过巴基斯坦。我在巴基斯坦工作生活了20余年,也无数次到过拉合尔,逐渐明白了为什么巴基斯坦人民如此喜爱、如此赞誉拉合尔。

拉合尔历史悠久,古迹众多,壮观美丽的清真寺多,人文故事也多,因此是巴基斯坦的历史名城。这里花园也多,因此也被称为花园城市。

我第一次访问拉合尔是在1966年,那是我第一次陪团访问,为代表团当翻译,那个代表团是中国伊斯兰学者代表团,团长是中国伊斯兰协会的会长穆罕默德·张杰先生。这次访问给我留下了特别深刻的印象。

其一,拉合尔人民对中国人特别友好。代表团每到一处,都受到巴方群众的热烈欢迎,特别是在欢迎集会上,记得那时只要团长一开口用阿拉伯语吟咏可兰经,或者我一开口把他的讲话译为乌尔都语,听众就热烈鼓掌,喊巴中友好万岁的口号，以致团长都感到奇怪了，说：我讲每段话，他们都鼓掌，都喊口号，甚至我对他们表示感谢，他们也都鼓掌，这是不是出于当地礼节的需要啊？我说，不是的，当地并没有对客人每句讲话都要鼓掌的礼节。我告诉他，现在正处于中巴友好的高潮时期，由于中国在不久前发生的第二次印巴战争中主持正义，全力支持了巴基斯坦，巴基斯坦人民，特别是处于前线的拉合尔人民特别感谢中国，因此对中国人特别热情友好。

我还告诉他，不久前中国国家主席刘少奇来访，受到巴人民空前的热烈友好欢迎。我本人也被使馆临时从学校抽出来参加了接待刘主席访问的工作，在旅馆担任联络员，那天我在代表团预计到达时间2小时后仍见不到代表团，正在十分担心的时候，才见到代表团成员，一打听才知道，热情的欢迎群众为了表示对刘主席的热烈欢迎和见到刘主席，把刘主席的座车团团围住了，有些人为了表达对刘主席的感激之情甚至把刘主席的座车抬起来走了一段，巴方安全保卫人员都完全无能为力了，以致从机场到宾馆路上多花了两个多小时。

另外我还说，我翻译用的语言，不是英语，而是巴基斯坦的国语乌尔都语，他们也许是第一次听一位中国人讲他们的国语，也感到新鲜和高兴。听了我的解释，团长才说，哦，我明白了。对中国人特别热情友好是我对拉合尔的第一深刻印象。

第二，因为是宗教性代表团，因此主人安排代表团访问了这里几乎所有主要的清真寺，每到一处，我都为清真寺的壮观精致所震撼，特别是巴特夏希清真寺，"巴特夏希"是皇家的意思，因此也译作皇家清真寺。

拉合尔是个历史文化底蕴十分丰厚的城市，有两千多年

2001年，笔者（右6）陪同外交部前副部长刘述卿（右5）率领的中国人民友好代表团参观巴特夏希清真寺

的建城史，中国唐朝的玄奘在南亚游学时就到过拉合尔，并在《大唐西域记》中有所记载。拉合尔的伊斯兰时期长达一千多年。最早在拉合尔建立伊斯兰政权的是阿富汗人建立的迦色尼王朝。拉合尔是这个王朝的经济文化中心，还是这个王朝后期的首都，莫卧儿王朝时期是王朝的夏都，现存的许多清真寺都是历史上各个穆斯林王朝时期建的，其中莫卧儿王朝时期建立的大清真寺最多，而且一直保存到今天。巴特夏希清真寺既雄伟又美观，是世界上现存的最大的大清真寺之一。寺前的广场可容纳十万人祈祷，寺的主体用红色沙岩建成，上面有白色大理石建成的三个大圆形拱顶，显得十分雄伟壮观，寺墙内外和门窗都刻有各种精美的花纹或可兰经经文，寺内藏有一部完全用金线绣成的可兰经，是巴基斯坦的国宝，我曾看到过一部分经文。巴特夏希大清真寺是莫

笔者夫妇在拉合尔巴特夏希清真寺前留影

卧儿帝国第六代皇帝奥朗则布时期建成的，历时三年，是莫卧儿王朝最有代表性的建筑之一。

除巴特沙希清真寺外，还有几个清真寺也很著名，如瓦齐尔汗清真寺等等。瓦齐尔汗清真寺是一座由釉陶面砖建造而成的清真寺，外观十分别致。内部的壁饰、彩砖上绘有精美的经文和诸多繁复华丽的纹饰，异常美观。

巴特夏希清真寺对面，仅一路之隔，就是拉合尔古堡，所谓古堡，也就是皇宫。莫卧儿王朝在阿格拉、拉合尔、德里等处都建造过规模宏大的宫殿，拉合尔作为王朝的夏都，留有王朝鼎盛时期三代皇帝阿克巴、杰汉吉尔、沙杰罕的痕迹。在迦色尼王朝时代，拉合尔堡原是土筑的军事要塞，阿克巴打下天下后，出于防御的需要，将土堡改为石头堡，以后杰汉吉尔和沙杰罕皇帝都在里面建设宫殿，使古堡成为一个气势恢宏的皇宫。

　　沙杰罕是个既风流多情又喜好建筑艺术的皇帝。拉合尔古堡内的镜宫和现在印度阿格拉的被称为世界七大奇迹之一的泰姬陵都是他下令修建的。他在当王子时，一天在一个宫廷宴会上见到一个名叫阿姬曼·巴奴的波斯流亡贵族的女儿，非常美丽贤惠，沙杰罕对她一见钟情，并且娶她为妻，并授她"泰姬·玛哈尔"（意为皇宫的皇冠）的尊号。泰姬陪沙杰罕南征北战，形影不离，为他生了十多个孩子。一天晚上，泰姬在古堡的宫墙上仰头观赏灿烂的夜空，动情地对沙杰罕说，她多么希望自己能拥有一座神奇的寝宫，即使躺在床上也能在一睁眼时便看见那满天的星斗。一向对泰姬百依百顺的沙杰罕皇帝便下令全国的能工巧匠为她建造了新的寝宫，寝宫的房顶和四周墙上镶嵌了各色珍贵宝石和90万片红色、蓝色和褐色的玻璃镜片，如在寝宫的中央点起一根蜡烛，各种宝石和各色镜片便可交相辉映出一片浩瀚的星海，我一次陪团参观镜宫时，主人在镜宫中央打亮了打火机，镜宫的顶上和四周就立即显出了满天星斗，蔚为奇观。

　　然而，镜宫于1631年完工，泰姬并没有能住进去，因为在此之前，她在为沙杰罕生第十四个孩子时因难产而在现今的印度境内离开人世，年仅38岁。痛失爱妃的沙杰罕万念俱灰、茶饭不思，为了表示对她的怀念，他根据泰姬希望长眠在一个漂亮的陵墓中的遗愿，动用皇帝的特权，调动全国的并聘用外国的能工巧匠，征用2万役工，历时22年，几乎耗尽国库，在今天印度境内的阿格拉的贾木那河岸上为她修建了泰姬陵。更有甚者，沙杰罕还拟在泰姬陵的对岸，用黑色的大理石为自己建造一座同泰姬陵一模一样的黑色陵墓，以表达他对泰姬的永远思念。但他的这个愿望未能实现,当陵墓地基还没有完全打好,他的三儿子奥朗则布,在王位争夺中弑兄杀弟、取得了胜利,发动宫廷政变,把他拘禁在阿格拉堡的一座八角楼内,他的陵墓也就流产了。我在泰姬陵游览时,在贾木那河的对面,曾隐隐约约地看到一片黑色的地面,据说就是为沙杰罕陵墓打的地基。沙杰罕死后,他的子孙并未为他另造陵墓,而由他最小的女儿做主,把他同泰姬并排葬进了泰姬陵。泰姬陵整体完全用白色大理石造就,以其光风霁月、造型独具的恢弘气势矗立在贾木那河的右岸,的确非常壮观,被誉为世界七大奇迹之一。我在印度留学和以后访问印度时曾多次游览过泰姬陵。由于泰姬陵非常壮观美丽,因此古往今来,多少文人墨客、风流名士歌颂他、赞美他,把他视为永恒爱情的象征,许多恋爱中的男女也常常跑到泰姬陵去山盟海誓,表达爱意。但有一位名叫萨希尔·鲁特扬维的著名诗人反其意而用之,以"泰姬陵"为题写了一首非常有名的诗,他在诗中写道:

> 世界上无数人都恋爱过,
> 谁说他们的爱情不真诚啊,
> 他们只是没有表达爱的资源,
> 他们像你我一样贫穷。
> 一个帝王用自己无穷的财富,
> 嘲笑了我们穷人的爱情,
> 我的爱人啊,
> 让我们到别的地方去相会吧!

这首诗在印度和巴基斯坦，尤其在贫穷的知识分子中流传甚广，我在卡拉奇大学的老师就给我讲过这首诗。我自己也很喜欢这首诗，因此曾把它译为中文。

在拉合尔另有一则凄美的爱情故事流传甚广，那是关于宫女阿那尔格里的故事，故事发生在王朝的第三代阿克巴大帝时代。有位宫女名叫阿那尔格里（意为石榴花），她是一位波斯女郎，美若天仙，被王子萨里姆（就是后来的杰汉吉尔皇帝）爱上了。但他们的爱情遭到阿克巴大帝的强烈反对，因为这位宫女出身低贱，不像以后的享有泰姬陵的阿姬曼·巴奴那样出身贵族。对父皇的反对，王子极为不满和愤怒，以致举兵反叛，但被父亲打败。阿克巴大帝打败王子后把阿那尔格里活活砌死在一堵墙内，作为惩罚。在拉合尔老城内有一个以阿那尔格里命名的市场，也许就是拉合尔人民为了对弱女子阿那尔格里表达同情和纪念而设立的市场吧，说明老百姓总是同情弱者和被凌辱的。我国诗人闻捷同另一位中国诗人袁鹰联袂访问巴基斯坦时，写过一首题为"阿那尔格里"的诗，也许是在访问拉合尔时听到阿那尔格里的凄惨故事而写的，诗中流露了对阿那尔格里的深切同情。这首诗被收集在两位诗人访巴诗歌合集《花环》中，我20世纪60年代在巴基斯坦工作时曾经读过这首诗，虽然已过去50多年了，至今仍有印象。阿那尔格里市场是传统市场，在那里能买到各种精美的手工业制品，如铜器、石器和木器等，我曾多次光顾过那市场。阿那尔格里的悲凄故事在印度和巴基斯坦广泛流传。我20世纪60年代在印度留学时看过电影《莫卧儿大帝》，场面非常宏大，歌舞也很美，讲的就是这段故事。

沙杰罕在拉合尔留下的遗迹最多，另两处遗迹也值得一

1989年，王芳国务委员（右9）访巴时在拉合尔夏利玛花园留影

提，一是夏利玛花园，一是沙杰罕为他的父皇杰汉吉尔造的陵墓。

夏利玛花园（Shalima Garden，意为欢乐花园），占地20万平方米，四周有高墙围绕，园内有三座带阶梯的平台，有喷泉、水榭和宫殿，像中国清朝皇帝一样，集全国许多地方的美景于一园，作为皇帝的行宫和皇亲国戚游乐的场所，是莫卧儿帝国鼎盛时期的园林杰作，巴基斯坦独立以后成为公园，并作为为最尊贵的国宾举行市民招待会的场所，记得我国刘少奇主席、杨尚坤主席、朱镕基总理等访巴时巴方都在夏利玛花园举行市民招待会。拉合尔古堡有时也用作为国宾举行活动的场所，我记得那年沙特阿拉伯王储来访，欢迎宴会就是在镜宫和镜宫周围举行的，我作为中国使馆的代办应邀参加了那次宴会。记得在暮色苍茫中，千万盏灯光亮起，四周呈现出恍若置身星空之下的美妙景象。

我国李鹏委员长访巴时,市民招待会也是在古堡举行的。

记得就是参加镜宫周围举行的宴会后,我以"镜宫"为题写了下面这首诗:

镜　宫

古堡原是帝王家,
宫阙依旧夸豪华。
清泉滴水奏妙乐,①
舞女秉烛满天花。
彩灯退远七重夜,
红妆羞落五彩霞,
奢靡富贵今何在?
栏外拉维河作沙!②

(2000年作于拉合尔古堡)

注:
① 据说镜宫内曾引入一股清泉入乐池,潺潺流动的泉水滴落时形成美妙的音乐。
② 拉维河曾紧靠古堡城墙流淌,后因改道,离宫墙越来越远。

杰汉吉尔王陵位于拉合尔西北5公里处的拉维河畔,也是一建筑群,据说,这里原是杰汉吉尔皇帝最宠爱的一度很有权势的王后努尔·杰罕(意为世界之光)的花园,杰汉吉尔临死时留下遗言葬在他爱妻的花园里,努尔·杰罕死后也葬在附近。

李鹏委员长（右3）访问拉合尔时，同巴方陪同团团长新闻部长穆沙希德侯赛因（右4）夫妇在大清真寺进门处合影留念，他们身后不远处即古堡

　　上述古迹都已列入世界文化遗产名录，也成了著名的旅游名胜，成了人类的宝贵遗产。这是谁的功劳呢？我在这些古迹游览时常常思考这个问题。我认为这不是帝王的功劳，帝王只是下令建了它们，并没有为建造它们搬过一块砖，流过一滴汗。真正建造它们的是能工巧匠，是劳动人民，然而，他们的名字没有任何记录，人们只记得帝王的名字，这是何等的不公。我们应把它们视作劳动的结晶，而不是帝王的功劳。还是诗人萨希尔·鲁特扬维最清醒，他在《泰姬陵》一诗中唱道：

> 我的爱人啊，我们的先辈们也有爱情，
> 他们的技艺使陵墓变得如此壮观，
> 他们的创造永留人间，
> 然而又有谁，在他们的墓地点过一次灯？

　　拉合尔久为历史文化名城，因此一些著名的文化机构如旁遮普大学和拉合尔博物馆等等也集中在这里。旁遮普大学是巴基斯坦历史最悠久的大学，不少政府高官都是该校的毕业生。拉合尔博物馆也是巴基斯坦最早建立的博物馆，里面藏品很丰富，特别是佛教文物，里面的一尊白沙瓦附近出土的饿佛像把佛祖把斋时瘦骨嶙峋、青筋布满身体但脸部表情仍很坚毅笃定的形象刻画得惟妙惟肖，是镇馆之宝。

　　拉合尔在巴基斯坦独立运动中也有重要的地位。巴基斯坦最著名的诗人、哲学家伊克巴尔诞生于拉合尔附近的城市西雅尔科特，经常在拉合尔居住和工作，他任巴基斯坦立国政党穆斯林联盟主席时最早提出南亚次大陆的穆斯林单独立国的思想，1940年穆斯林联盟在拉合尔举行年会上通过了穆斯林单独立国的决议，历史上称为"拉合尔决议"。以后在被誉为国父的真纳领导下，经过7年的艰苦奋斗，巴基斯坦终于在1947年8月15日零时独立，并于1956年成为巴基斯坦伊斯兰共和国，定3月23日为国庆日，3月23日也就是通过"拉合尔决议"的日子。1967年就在当年真纳召开群众大会宣读决议的地方，巴基斯坦建起了独立纪念塔。独立纪念塔塔身高59米，塔基是一个巨大的五角星，据说有着宗教的含义。塔座是朵白色向上的莲花，喻有纯洁、发展之意，

使馆部分同志在拉合尔巴基斯坦独立塔前留影

底座上用英文和乌尔都文刻写着当年真纳讲话的节录和巴基斯坦各个行省的有关记载。独立纪念塔周围种有许多花草树木，已辟为大公园，为纪念伊克巴尔，命名为伊克巴尔公园。

伊克巴尔1938年逝世，就葬在巴特夏希大清真寺的大门右边。这也是巴基斯坦人民心目中的圣地，同卡拉奇的真纳陵一样。每当重要的国宾访问拉合尔，政府总会安排他们到伊克巴尔墓敬献花圈。

一段时期以来，访问拉合尔的人也会去距拉合尔仅27公里的瓦嘎边境哨所访问，因为那里每天印巴两国同时举行的降旗仪式已成为一个旅游景点。每天傍晚，号角一响，两国的边防战士大步流星地走出来，也许是经双方事先商量过的，表演一些看起来相同的动作。但由于两国关系长期不睦，甚至还打过三次大战，在表演这些动作时往往使尽全身的力气，如抬腿时把腿抬得高过头顶，蹬脚时把地面蹬得山响，

位于卡拉奇的真纳陵

笔者夫妇在拉合尔边境同巴基斯坦长胡子士兵合影

拉合尔印巴边境口岸，每日傍晚，两国士兵在这里举行降国旗仪式

似乎要把对方一脚踩死，转头时发出嗖嗖的声音。由于动作过分夸张，显得有些滑稽。显然双方都在尽力显示自己的威武雄姿，向对方示威。在士兵表演雄姿的过程中，双方坐在观礼台上观礼的群众也不断地喊口号，印方喊的多是"印度万岁"，巴方喊的多是"巴基斯坦万岁"，声浪一浪高过一浪，也都想压过对方。我每次在那里参观，总想如果双方的士兵在表演时不是怒目相视，而是笑颜相迎，双方的群众在喊口号时，除了现在的口号，也喊一些如"和平万岁""友谊万岁"的口号，那该多好啊！

  拉合尔，这座巴基斯坦的历史名城，巴基斯坦的精神之城，正在发展，正在前进。2008年在我从巴基斯坦离任10年后重访拉合尔，我就发现拉合尔有了不少变化，有了新的现代化机场，有了新的现代化超市。又12年过去了，拉合尔的变化一定更大了。现在中巴两国正建设经济走廊，拉合尔作为中巴经济走廊沿线的重要城市，随着经济走廊建设向前发展，特别是走廊的重要建设项目——拉合尔轨道交通橙线项目很快将竣工，到时拉合尔的市内交通也会变得更发达、更便利。拉合尔，愿你变得越来越美！

（2018 年）

塔克西拉
——中巴友谊之城

塔克西拉,巴基斯坦首都伊斯兰堡西北方50公里处的一座古城,这儿既没有高楼大厦,也不是风景名胜,有的是古迹,特别是佛教遗迹,却是我非常喜爱的地方,我已记不清曾去那里游览过几次,有时是陪代表团组去的,但大多是我自己前往的,因为它是我一本读不完的书,是我去了还想去的地方。

塔克西拉是闻名遐迩的古城,我为什么又称塔克西拉为中巴友谊之城呢?这有历史和现实的原因。

塔克西拉的历史非常悠久,饱经沧桑。公元前6世纪,塔克西拉曾为南亚著名的古国犍陀罗王国的首都。公元前5世纪,古城所在地区成为伊朗高原上的波斯帝国的一部分。公元前4世纪,来自于欧洲巴尔干半岛上的马其顿国王亚历山大大帝在灭亡波斯、征服中亚之后至此,因此,古希腊文化也开始在此扎根,古城名字也改成了希腊文"塔克西拉"。亚历山大在占领此地区后不久,在返回巴格达的途中去世,他的帝国也随之分崩离析。古印度摩揭陀国孔雀王朝的开国皇帝旃陀罗笈多(月护王)率领当地人民揭竿而起,组织了

笔者夫妇同家人在塔克西拉博物馆后院留影

一支军队,从亚历山大的部将塞琉古手中夺回犍陀罗。旃陀罗笈多派自己的孙子阿育王担任犍陀罗的总督,阿育王由于目睹了太多的残酷战争和杀戮而幡然觉悟,皈依佛教并开始在他的领地上大力传播和推广佛教,佛教被尊崇为国教,塔克西拉逐渐成为香火鼎盛的佛教圣地和学者云集的哲学宗教艺术中心。

紧接着孔雀王朝的没落,约公元前190年,巴克特里亚(大夏)希腊人征服了犍陀罗,按照希腊城邦的模式重建了这里的西尔卡普城,之后的中亚游牧民族斯基泰人(Scythians,《史记》《汉书》中称塞种人)和伊朗北方的帕提亚人先后占领了犍陀罗。

巴克特里亚王国是希腊化的王国,它的几任君主都是希腊人,把希腊的建筑、雕塑、音乐等艺术带到了犍陀罗并融合印度、波斯和草原文化,形成了独特的名闻世界的犍陀罗艺术。早期的佛教是反对偶像崇拜的，在巴克特里亚之前的几个世纪，虽然佛教已盛行，大量的寺院、窣堵波（源于古印度的塔的一种形式）已经建造起来，但从未出现人形的佛像，仅以菩提树、台座、法轮、足迹等象征物暗示佛陀的存在。巴克特里亚时期才出现了佛像，但早期佛的形象并不是印度人的形象，而是希腊人的形象，有着高挺的鼻梁、卷曲的头发，身披希腊式长袍，因为那时人们是按照希腊大神的形象来雕塑佛陀的，后来佛像才逐步本土化。这一变化过程在塔克西拉博物馆的展品中显示得十分清楚。犍陀罗艺术对中国也产生深远的影响，这种影响可从敦煌石窟甚至后来大同的云岗石窟和洛阳的龙门石窟中看到。

犍陀罗艺术在贵霜王朝时期（公元1—3世纪）达到顶峰。贵霜人原系中国敦煌与祁连山一带的游牧民族月氏的一支。西汉时期，受匈奴逼迫，先是南迁塔里木盆地，之后西迁，并于约公元前130年占据巴克特里亚。公元1世纪初叶，月氏五部翕侯之一贵霜翕侯库朱拉·卡德菲塞斯（丘就却），在喀布尔河流域建立贵霜王朝，中国史籍称之为大月氏。约公元60年，库朱拉之子维马·卡德菲塞斯（阎膏珍），征服了犍陀罗和北印度马图拉地区。第三代国王迦腻色迦（约公元78—144年在位）又征服了印度恒河流域中游，定都布路沙布逻（今白沙瓦），把贵霜统治中心从中亚移至犍陀罗。迦腻色迦又是一位崇信佛教并大力传布佛教的君主。在他统治时期佛教传布到中国。

公元5世纪，不信佛的白匈奴人入侵犍陀罗，在白匈奴统治时期佛教遭到严重的破坏，开始衰落。佛教在犍陀罗的兴亡历史长达一千多年。

塔克西拉同中国有悠久的渊源。大家知道，佛教是在公元1世纪中国的东汉时期传入中国的，白马驮经把佛教带入中国的故事在中国非常有名。从公元1世纪到4世纪，主要是天竺和西域的高僧带着佛经到中原来传教，其中不少来自犍陀罗和塔克西拉。来自犍陀罗地区的传教僧人，从2世纪开始到中国内地传教，尤其是他们翻译的佛经，对汉传佛教影响极大，包括支娄迦谶、支曜、支谦、竺法护、阇那崛多、般若三藏等。

公元4世纪后，中国僧人感到佛经不全，译文也有问题，不能解惑，开始主动去西天寻取第一手的真经，其中最著名、取得成就最大的是东晋的法显和唐代的玄奘。

由于痛感中国律藏缺失，教徒无戒律可约束，公元339年，65岁高龄的法显从长安出发，经西域至天竺寻求戒律，游历30余国，收集了大批梵文经典，前后历时14年，后从斯里兰卡乘船经印尼回国。

据记载，法显在塔克西拉停留了6年，他为什么停留那么长时间？因为那时塔克西拉是佛教的中心，那里有一个国际闻名的姚连寺国际佛教大学，他在那里潜心学习梵文和佛教戒律。法显在《佛国记》中把塔克西拉记为竺刹尸罗国。汤用彤先生说："故海陆并遵，广游西土，留学天竺，携经而返者，恐以法显为第一人。"

玄奘比法显晚230年，于公元650年到达塔克西拉。那时，经历不信佛的白匈奴人的大肆破坏，佛教已不像法显时那样兴盛，但玄奘仍在那里停留了2年。玄奘在《大唐西域记》中对塔克西拉的描述为："地称沃壤，稼穑殷盛，泉流多，花果茂。气序和畅，风俗轻勇，崇敬三宝""伽蓝虽多，荒芜

中国外交学会代表团参观乔利安寺遗迹时留影

已甚，僧徒寡少"，往昔的繁荣景象已无处寻觅了。我在参观塔克西拉博物馆时，曾看到一块记述塔克西拉历史大事记的木牌，上面明确记录法显和玄奘在塔克西拉停留的时间，可惜那时我未带照相机拍摄下来。

有一次，我在乔里安（Jaulian）佛教大学（我想就是玄奘记载的姚连寺）遗址参观时曾试问一位管理人员："你能否告诉我当年玄奘在这里学习时是住哪一间房吗？"他竟带我到一个位置较高的、像是里外间的地方，对我说："这就是他住的房间。"更有甚者，他还指着旁边的一个佛龛说："这是他打坐的地方。"我那时将信未信，心想：一千多年前的事了，他怎么知道得那么清楚？后来我在一篇文章中读到，玄奘游历南亚诸佛国，特别在当时的佛教中心那烂陀寺，向当时最著名的戒贤法师学习5年，并在一次佛教大辩论中大获全胜，之后成为享誉整个南亚的佛教大师。他离开以后，为了纪念他，后人在他打坐的佛龛里按他的形象塑造了一尊正打坐的和尚像，这也是情理中事。于是我想，也许那位朋友讲的还真是事实。

我在印度和巴基斯坦留学时得到一个鲜明的印象，即法显和玄奘在印度和巴基斯坦都很有名，而且两人是齐名的，谈及时往往是两人的名字一起提，不像在中国，一部《西游记》小说，尤其是现代一部《西游记》电视剧，使唐僧家喻户晓、妇孺皆知，比法显有名多了。

在我看来，无论法显还是玄奘，他们的功绩都是巨大的、可歌可泣的。

首先，他们都是文化交流的先驱，他们的壮举促进了中国和南亚各国间的文化交流。他们带回并亲自翻译的佛经对中国佛教的健康发展发挥了重要作用。他们壮游后还都写了书。他们的著作，特别是玄奘的《大唐西域记》，对当时南亚国家各方面的情况都作了相当详尽的记录，这就为这些国家保留了珍贵的历史资料。在19世纪，法显的《佛国记》和玄奘的《大唐西域记》在欧洲翻译出版以后受到了高度重视，并引发了一场争先恐后到东方来考古的大潮。我曾问过历史学家达尼教授："有人说，英国考古学家根据《佛国记》和《大唐西域记》的记载判定，在今天的塔克西拉，必有一座古城的遗址，经过后来发掘，完全得到证实，是不是真是这样？"达尼教授肯定地说，这完全是正确的。我后来还获悉，不仅是塔克西拉，就是其他重要的佛教遗迹，像现在印度境内的鹿野苑、那烂陀寺都是根据玄奘的记载发掘出来的。古代的南亚国家都不像中国那样重视历史，也不设史官，因此现代人对自己的古代历史知之甚少，难怪有一位著名的印度史学家曾说："如果没有法显、玄奘和马欢的著作，重建印度历史是不可能的。"就凭这一点，我们就可以说，法显和玄奘对世界文化作出了重要贡献。

这里我还要颂扬法显和玄奘为了寻取真经所表现的坚忍不拔的大无畏精神。玄奘是不顾唐朝建国初期不许国民出国的禁令偷渡出关的，而法显出发时已65岁高龄，一路上他们需要横跨千里大沙漠，翻越终年白雪皑皑的山峰，还要面临各种各样的危险，无数次命悬一线，但任何艰难困苦都挡不住他们前进的步伐，难怪中国近代的伟大作家鲁迅先生以诗一样的语言，赞扬他们舍身求法的精神：

"我们从古以来，就有埋头苦干的人，有拼命硬干的人，有为民请命的人，有舍身求法的人……虽是等于为帝王将相作家谱的所谓'正史'，也往往掩不住他们的光耀，这就是中国的脊梁。"

综合上述，塔克西拉有过光辉的过去，曾在中国和巴基斯坦古代的友好史上发挥过重要的作用。那么现代呢？

巴基斯坦独立后，经过几十年努力，在塔克西拉建起了一座座工厂，如重型机械厂、铸锻件厂、飞机修配厂、坦克修配厂等等。今日塔克西拉，已成为巴基斯坦机械工业和国防工业的一个重要基地。但应知道，塔克西拉及其附近地区正是中巴建交后开展友好合作的重要场所。上述工厂都是在中国的援助下建成的，对巴基斯坦的国计民生发挥过重要作用。这里，我想讲一个真实的故事。

中国国家主席江泽民早年在机械工业部当局长时，曾率领一个工作小组到塔克西拉工作过28天，那里他结识了不少巴基斯坦朋友，特别是同铸锻件厂总经理阿克拉姆·谢赫博士的友谊几乎绵延了一辈子。

有一年谢里夫总理访华，大使回国参加接待工作，我任临时代办。在谢里夫总理访问期间，中国共产党的新任总书记江泽民会见了他，并同他进行了亲切友好的谈话。江总书记在谈话中回忆了他在塔克西拉工作的日子，并且讲了几句乌尔都语，巴基斯坦朋友得知后十分高兴，并且在第二天的报纸上以大字标题报道说，中国的新领导人曾在巴基斯坦工作过，并会讲巴国语乌尔都语。一天，我接到一封信和一张照片，写信人就是阿克拉姆·谢赫博士，他在信中问，新任中国共产党总书记，是不是曾同他在塔克西拉一起工作过的那位中国朋友。我一看照片，立即明白，照片上他的朋友就是江泽民总书记。在我弄清楚江泽民的确曾在塔克西拉工作过，就给阿克拉姆·谢赫博士回了信，作了肯定的回答。

谢赫博士收到信后非常高兴，但他认为，江泽民刚任国家领导人后非常繁忙，不应打扰，直到2年以后，在1994年4月24日，他给江主席写了第一封信，请中国驻巴基斯坦大使馆转达。这封信附了一些江泽民在塔克西拉铸锻件厂的照片，请江主席在其中的一套照片上签字后退回。考虑到江泽民主席极为繁忙，他并未期望能很快得到回复，然而他在几周之后就收到中国大使馆一封信，信中转达了江主席对阿克拉姆·谢赫先生的感谢和良好祝愿，随信还附有一套已经签字的照片。对此阿克拉姆·谢赫先生极为高兴。

1996年12月，江泽民主席对巴基斯坦进行了国事访问。行前中国大使馆同谢赫博士联系，传达了江主席想在访问期间的12月2日，在下榻的总统府会见并宴请塔克西拉重机厂和铸锻件厂的老朋友的愿望，并请谢赫博士帮助组织联系。

谢赫博士对此次会见提供了协助。江主席对塔克西拉朋友的会见和宴请长达两个半小时。

自此，谢赫博士每次访华，无论是随国家领导人访华，还是自己来访，江泽民都宴请他，甚至在退休后，只要江泽民获悉谢赫博士来，都宴请他。

谢赫博士后来就他同江泽民的友谊写了一篇题为"我同江泽民主席——一位充满魅力和眼光远大的领导人的友谊"的文章，他在文章里深情地说，他同江泽民的交往中深切地感到，"江主席乃至整个中华人民共和国珍重老朋友"。

今天，中巴友谊已发展成全天候的战略合作伙伴关系，塔克西拉在中巴友谊的发展过程中，无论是历史上，还是现在，都发挥了重要作用。塔克西拉，我心目的中巴友谊之城，愿你永远繁荣昌盛，永远辉煌！

（2019 年）

斯瓦特
—— 莲花生大师的故里

我在巴基斯坦多年的工作生活过程中，曾三次到过斯瓦特。前两次是使馆利用春节假期组织的旅游活动，由于从使馆到斯瓦特来回都需近5小时，因此每次都只能在斯瓦特停一下，远眺一下远方的雪峰就得返回，未能细致参观了解，因此留下的印象不深。最后一次是受巴基斯坦民间遗产研究所所长阿克希·穆夫蒂先生的邀请，结伴使馆文化参赞袁维学夫妇一起去的，并在那里住了两天，特别是又有知识渊博的穆夫蒂先生为我们导游，随时随地给我们讲解，因此留下了深刻的印象。

斯瓦特是巴基斯坦西北边境省（2010年改名为凯普尔普什图哈瓦省）的一个县，地处山区，风景秀丽，英国统治时期，曾被英国女王誉为"大英帝国的瑞士"，巴基斯坦独立后被称为"巴基斯坦的瑞士"。该县历史上是古乌仗那国的故地，这个古国在法显的《佛国记》中记为乌苌国，在玄奘的《大唐西域记》中记为乌仗那国，在梵文里发音Udddiyana，原意是花园，玄奘曾用"山谷相属，川泽连原""林树蓊郁，花果茂盛"来描述这块美丽的地方。这里曾是佛教圣地，并对佛教在中国的传播过程中发挥过重要作用，曾有多名高僧到中国弘法，特别是著名的莲花生，就是该国一位国王的儿子。他是佛教密宗大师，公元8世纪，受藏王赤松德赞的邀请，来西藏传教，对中国藏传佛教的传播和发展发挥过重要作用。中国许多高僧像法显、惠生、玄奘，使节宋云、王玄策等都到斯瓦特朝圣和通好。

那天，我们约于早晨9时从使馆出发。阿克希·穆夫蒂

在前往斯瓦特途中的一佛教遗迹前留影

在旅馆阳台合影留念（左一左二为袁参赞夫妇，右一右三为笔者夫妇，右二为阿克希·穆夫蒂先生）

先生开自己的车来我们使馆，为便于随时随地为我们讲解，把自己的车存放在我们使馆，改乘我的车。我们坐在车里边走边看，他告诉我使馆到斯瓦特约250公里，5小时路程。我们一路经过塔克西拉、阿博塔巴特、马尔丹、塔赫特帕依等地，这些都在古犍陀罗国的范围之内，风景很美。经过塔赫特巴依时，阿克希·穆夫蒂先生买了一种叫"恰帕尔"的烤肉给我们吃。"恰帕尔"在乌尔都文里是拖鞋的意思，这种烤肉因做成拖鞋鞋底的形状而得名。这种烤肉名字难听，但吃起来很香。路上我们看到一座既雄伟而又保存得挺好的佛塔，便下车留了影。

我们于12时15分抵达马拉坎特山口。马拉坎特山口和开伯尔山口一样，也是著名的战略要地。在山口附近的一个山包上，我们看到了一座石头小屋，阿克希先生说这个小屋被人称为"丘吉尔小屋"。因为英国首相温斯顿·丘吉尔青年时代当过《加尔各德先驱报》和《每日电讯报》的记者,英国为了征服这一带普什图人的武装反抗,曾派大军驻扎在这一带,丘吉尔作为随军记者曾在这间小屋住过一段时间,他把发自马拉坎特的系列战地报道汇集成册,出过一本书,他凭这次采访和这本书,在英国出了大名。

阿克希先生告诉我们,过了山口,我们也就进入斯瓦特境内了,山势也越来越高,约一个多小时后我们越过斯瓦特河桥,进入塞杜沙里夫市。塞杜沙里夫是斯瓦特的首府,我们看到这是一个相当热闹的城镇,便在这里一个叫 Uddiyana 的旅馆住了下来。我们的旅馆附近有游览缆车,从旅馆里可以远望北方高大连绵的雪山。

在斯瓦特旅游期间,我们先去参观了斯瓦特博物馆,馆内珍藏着佛陀释迦牟尼的足印,是镇馆之宝,就在博物馆门

博物馆工作人员向我们讲解佛足印

参观一佛教遗迹（右1左2为袁参赞夫妇，右3右2为笔者夫妇，左3为阿克希·穆夫蒂先生）

口附近大厅的玻璃罩内展出。

馆内藏品不少，很多是佛教文物。有各种佛像和佛本生故事雕刻，还有各种钱币等。

从博物馆出来我们到两家商店转了转，购买了一些古钱币，然后去到阿德南王子家做客。

阿德南王子获悉我们来斯瓦特游览，特地从伊斯兰堡赶来接待我们。他是我的老朋友了，我在使馆当政务参赞时就结识他了。他的父亲奥朗则布王子也是我们的朋友，他的祖父是斯瓦特的"瓦里"（土邦王），他的外祖父则是巴基斯坦前总统阿尤布汗，曾在巴基斯坦执政十年，在他执政期间，巴中关系得到了长足的发展，他于1965年3月访华时会见了毛主席。那次访问阿德南的父亲奥朗则布王子和他的母亲（阿尤布汗的长女）也陪同访问。

阿德南王子的一位舅舅戈哈尔·阿尤布汗曾当过国民议

1964年，小王子阿德南（前右1）和姐姐在拉瓦尔品第机场迎接周恩来总理访巴

  会议长和外交部长，也是我们使馆的老朋友，与我本人也多有交往。戈哈尔议长访华时，我国离任不久的田丁大使曾主动陪他游览慕田峪长城，但异常不幸的是，就在登长城的缆车上，田大使突发心脏病，竟靠在戈哈尔议长的肩上逝世，为此戈哈尔议长极为震惊和悲伤，曾要求中止访问，后经我做工作才完成访问。总之，阿德南家族同我们的友谊是持久的、历史性的。

  在阿德南王子的家里，他先拿出他外祖父访华的照片给我们看，还为我们放映了他父亲奥朗则布自己拍摄的访问录像，之后请我们享用十分丰盛的饭菜，其中有一道菜给我们留下了深刻的印象，那是一道烤鳟鱼，味道极其鲜美。阿德南王子还告诉我，斯瓦特原来并没有鳟鱼，这里的鳟鱼是他的曾祖父从欧洲引进的。他还请我们第二天去他家里吃中饭，我们怕麻烦他太多，只得借故婉谢了。

1965年毛主席会见访华的阿尤布汗总统

在巴基斯坦，我多次听到这样一种说法，即普什图人要是成了你的朋友，那他是最忠诚的朋友，要是他成了你的敌人，那他将是你最凶恶的敌人。我想阿德南王子身上就具备这一特性。当然因为我们是朋友，我只看到他作为朋友的一面。他的确是我非常真诚的朋友，我退休之后曾有多次机会重访巴基斯坦，每次我都在出席的活动上见到他，并和他亲切交谈。

阿德南王子曾在2016年接待过清华大学教授李希光率领的中巴文化走廊远征队考察斯瓦特，并亲自为李教授开车和当导游，还在家里宴请了他。李教授后来就考察的情况出了一本画册《西方乐土的最后秘境》，在这本书的首发式上我也见到了阿德南王子。

这次邀请我们到斯瓦特考察的阿克希·穆夫蒂先生也是我们真诚的朋友。记得在斯瓦特期间，一天，我们坐在旅馆

与斯瓦特一名纺线少年在一起

的阳台上喝茶聊天，谈及中巴文化交流事宜时，他表示，应该将袁维学参赞的长篇小说《灵鹫山》译为乌尔都文、英文，并拍成电影，当时我立即表示，这是一个好想法。我还说，法显和玄奘在南亚的知名度是一样的，这里的人总是将两个人一起提，但在中国就不一样了，玄奘的名气要比法显大得多，就是因为在中国有一部小说和一部电视连续剧《西游记》，使玄奘（唐僧）在中国家喻户晓，妇孺皆知，而法显只有学术界知道，一般群众就不一定知道了，小孩更不知道了。法显以65岁高龄不怕千辛万苦西游西天获取真经，而实际功勋一点不亚于玄奘，这对法显真有些不公啊！现在袁参赞已经写出关于法显的小说，应该好好利用这部小说提高法显的知名度。据悉，后经阿克希先生的努力，《法显传》的乌尔都文版和英文版在巴基斯坦都已出版发行了。

这里我简单地介绍一下袁参赞。袁参赞是真正的文化人，

2016年在《习近平谈治国理政》乌尔都文版伊斯兰堡首发式上,笔者(右1)与阿德南王子(左2)合影留念,右二是笔者卡拉奇大学校友纳克维大使,左一为乌尔都文版译文核稿人之一安启光总领事。

笔者与阿克希·穆夫蒂先生在斯瓦特留影

心香花环

在旅馆阳台上喝茶聊天

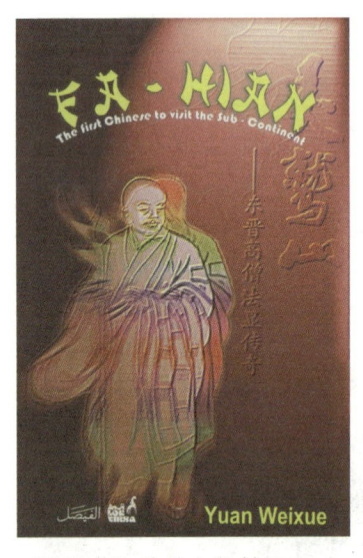

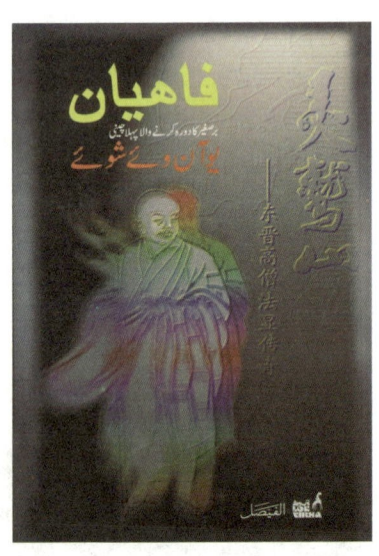

《法显传》的英文版封面　　《法显传》的乌尔都文版封面

他用他所学的乌尔都语、英语两门外语，为中巴文化交流做了许多实实在在的工作。他把巴基斯坦国父真纳的传记《真纳传》译为中文在中国出版；将巴基斯坦的乌尔都文小说《悲哀时代》《勇士》《萨姬坦的爱与恨》译为中文在中国出版；他用乌尔都文撰稿，将多位中国现代作家介绍给巴基斯坦；他是书法家，尤其擅长草书，曾在中国美术馆及泰国、韩国、巴基斯坦举行过书法展；出版过《中华诗书画印集》《诗书寄情清真国》《袁维学诗词》等；他担任过驻巴基斯坦、泰国、菲律宾文化参赞。鉴于他为中巴文化交流做出了特出的贡献，2001年，他获得巴基斯坦总统"杰出成就奖"。2010年，中国翻译协会授予他"资深翻译家"荣誉证书。他还是中国作家协会和翻译家协会会员。

袁参赞在广泛收集研究历史资料的基础上，花5年时间写出长篇小说《灵鹫山》（后改名为《法显传》），介绍法显的生平，他在巴基斯坦文化界很受欢迎。

在斯瓦特期间，我们还去了赛杜谢里夫的姐妹城——明戈拉。我们看到这里商店密布，商店里中国商品，特别是手机相当多，价格也比伊斯兰堡便宜很多。据说，很多都是从位于喀喇昆仑公路上的吉尔吉特转运来的，从中也可看出中巴友谊公路对巴经济所起的作用。

由于在伊斯兰堡有许多工作，不能在斯瓦特久留，因此虽然有很多景点和佛教遗迹未去，我们在这里逗留两天后，便怀着依依不舍的心情返回了伊斯兰堡。

这次斯瓦特之行是在我离任回国前四个月进行的，那时斯瓦特还很稳定平静，然而就在我回国四年后，随着阿富汗塔利班政权被美军推翻，在美军和北约军队持续的清剿之下，塔利班越来越向巴基斯坦部落地区和紧靠部落地区的斯瓦特河谷渗透。他们把斯瓦特当作自己的避难地和重新发展的基地，并很快控制了斯瓦特河谷。这些地区的人和塔利班一样都是普什图人，这里的崇山峻岭便于他们躲藏，据说基地组织头目本拉登曾在斯瓦特的一个村子里躲藏过一段时间。控制斯瓦特河谷的是一个叫"执行先知穆罕默德法典运动"的非法武装组织，头目叫法兹卢拉赫，他们利用当地人的宗教热情，招募了5000多名支持者，在当地以严酷的方式执行伊斯兰教法。法兹卢拉赫在当地拥有"毛拉电台"，通过这个私人电台在该地区宣扬并强制民众执行"塔利班"式的法律，煽动武装暴力活动。他们禁止歌唱和舞蹈，并把CD、电视和电脑等能传播音像的物品视为罪恶之源，甚至炸毁当地的音像店。他们对妇女的装束和言行也有严格要求。此外，他们强烈反对政府和联合国共同发起的为当地儿童接种小儿麻痹症疫苗的活动，违令者严重的会被砍头。他们禁止女童上学，使当地居民都生活在惶恐不安之中。他们还破坏佛教遗迹。两年后，巴基斯坦军队对塔利班发动了军事进攻，并逐渐收复了一些被塔利班控制的城镇，在这一过程中，斯瓦特遭到严重的破坏，人民生命财产损失严重。斯瓦特原有人口180万，塔利班控制后逃离的竟达100多万。

这段期间，斯瓦特还涌现出了世界最年轻的诺贝尔和平奖获得者，她叫马拉拉，1997年出生在明戈拉。她的父亲是一位开明的乡村教师，自己创办了一所学校，马拉拉从小在她父亲创办的学校上学，聪明伶俐，学习成绩优秀，她反对塔利班的宗教极端政策，特别厌恶塔利班不允许女孩上学。她从11岁开始就在BBC网站上发表文章。塔利班控制斯瓦特河谷地区以后，她写了许多文章揭露塔利班在斯瓦特实施的极端政策和恐怖行径。她为妇女争取受教育的权力，无视塔利班的禁令，继续上学，并且出行时也不按塔利班规定，穿戴笼罩全身的袍子。她还在一些集会上发表讲话，并因此受到一些组织的奖励，成为小有名气的人物，也因此引起塔利班的注意和忌恨，塔利班的头目终于下令要除掉她。

一天，她乘校车从学校回家时，两名塔利班武装分子半道截住校车，询问谁是马拉拉，然后就向车内连开了三枪，马拉拉头部受重伤，生命垂危，另外两名女生也受了伤。她先后在斯瓦特和白沙瓦的医院抢救，然后被送到英国伯明翰的医院继续救治，终于保住了性命。在她治伤期间，巴基斯坦总统、总理、联合国秘书长都曾去探望。后来，马拉拉与英国知名战地记者克里斯蒂娜拉姆合作，写了名为《我是马拉拉》的自传，因此成为国际知名人物。她在17岁时获得2014年诺贝尔和平奖，成为世界上最年轻的诺贝尔奖获得者。获得诺贝尔奖之后，巴基斯坦国民议会全票通过向马拉拉致敬的决议。她还应联合国之邀，在联合国大会上发表了讲话。《我是马拉拉》这本书被译为各种文字出版。2013年，四川人民出版社曾把书的中文译文寄给外交笔会，请外交笔会就此书是否适合在中国出版提出意见，外交笔会把这一任务交给我这个曾在巴基斯坦长期工作过的会员处理。我仔细地阅读了两遍译文，觉得这本书的内容主要是揭露宗教极端主义和恐怖主义的，内容符合我所知的情况，可以在中国出版。四川人民出版社于2014出版了中译本，出版前还请我写了推荐词，印在书的扉页上。我的推荐词为：以生命抗争，于绝处逢生，一个巴基斯坦女孩的传奇故事。

写到此，我应该结束关于斯瓦特的故事了。我到过斯瓦特三次，对于这片曾经的佛教圣地，巴基斯坦著名的旅游胜地，历史名人莲花生大师的故乡，一度饱受宗教极端主义和恐怖主义蹂躏的秀丽土地，还是很有感情的。我关心它现在的状况，去年7月，我在巴基斯坦新任驻华大使的一次宴会上高兴地见到阿德南王子。他是应李希光教授的邀请来中国访问的，我迫不及待地向他询问斯瓦特现在的情况，他说好多了，已基本恢复平静，很多人已返回家园。我很高兴听到他这样回答，祝愿斯瓦特持久地保持和平稳定，并且不断发展、进步，成为巴基斯坦人民真正的乐土！

（2020年）

莫亨焦达罗抒怀和遐思

我在巴基斯坦学习、工作、生活了二十多年,但一直没有机会去参观印度河文明的主要遗迹莫亨焦达罗。原因是此地地处信德省中部,比较偏僻,一般代表团不去那里访问;平时使领馆组织活动,因路途遥远,也不去那里。但那是世界四大古文明之一印度河古文明鼎盛期的最具代表性的城市遗址,有印度河古文明的大都会之称,1980年联合国教科文组织将莫亨焦达罗考古遗址作为文化遗产,列入《世界遗产名录》,如果不去,将是终生的遗憾。我终于下定决心,于2002年2月开启了去莫亨焦达罗的旅途。

我携夫人和一位秘书先从伊斯兰堡乘飞机到卡拉奇,从卡拉奇乘飞机到苏库尔,从苏库尔乘汽车前往,途中经过前总理佐·阿·布托的家乡拉尔卡那县,在路过他的墓园时,前去瞻仰了一番,并献了一束花环。布托总理是中国的老朋友,生前曾多次访华,为发展巴中友谊作过积极贡献,他还是毛主席最后接见的外宾,他后来被法院以谋杀罪判处死刑后,我国领导人和政府曾先后7次呼吁齐亚·哈克总统使用豁免权,赦免布托,但未能奏效。我个人同他也有不少接触,曾多次陪我国驻卡拉奇总领馆负责人到他在克立夫顿的家,

2002年，笔者在莫亨焦达罗古迹前留影

商谈伊朗公主访华的有关问题，他为推动伊朗同中国建交做过不少具体工作，是我十分尊敬的政治家。

我们抵达莫亨焦达罗后先去参观了博物馆。博物馆内展品不少，都是从遗址发掘出来的文物，有各种图章、印章、日用器皿、雕塑、装饰品等等，我们在博物馆内看到一张大画，好像是油画，油画描写莫亨焦达罗鼎盛时期的情景，和当代巴基斯坦城镇的面貌几乎差不多，博物馆的人说，当时莫亨焦达罗的人口已达5万人左右。参观完博物馆后，我们来到遗址现场，首先看到的是一高墩，高墩周围布满约半米至一米的断墙，分布有序，陪同的博物馆人员告诉我们，哪里是民居区，哪里是公共场所，如公共浴池、广场等。他还告诉我，莫亨焦达罗的排水系统十分先进，十分科学，并说明为什么说它科学、先进。经他解释后，真感到古人的确很有智慧，富于创造，值得敬佩，他们在三千多年前就创造了如此发达的文明。博物馆人员还说，他们那时已创造了文字，刻在器

笔者夫妇在莫亨焦达罗与同时参观的巴基斯坦学生合影留念

皿上和图章上，但他们的文字迄今未能被破译。

在参观过程中，我们遇到不少也来参观的学生，导游告诉他们我们是中国人，他们都特别友好，笑脸相迎，向我们招手，高兴地同我们聊天，有的还请我们签名留念。这也说明，中巴友谊深入人心。

那么如此高度发达的文明是谁创造的呢？一般认为，创造这一文明的是皮肤黝黑、身材比较矮小的达罗毗荼人。我在卡拉奇大学留学时，老师曾对我们说，印度的土著人同埃塞俄比亚人是同源的，因为许多年以前，南亚和非洲是连在一起的，我想此说也许是有道理的。那么这一文明为什么约在3500年前又消亡了呢？对此学术界众说纷纭，莫衷一是。有的说是印度河泛滥导致河水冲垮的，有的说是地震摧毁的，有的说是持久的大瘟疫造成的，有的说是白种人雅利安人入侵和屠杀造成的，有的还认为是古代的核爆炸造成的，因为在印度两大诗史《罗摩衍那》（Ramayana）和《摩诃婆罗多》（Mahabharata）中都有古代大爆炸的记载。但究竟是哪种原因造成的,还需考古学家和历史学家付出艰苦的探索努力。

但我个人感觉,雅利安人入侵肯定是重要原因之一。在公元前 4000 年和公元前 2000 年之间,一波又一波的雅利安人越过凯普尔山口向南亚次大陆迁移,他们和当地的主要土著民族——达罗毗荼人进行长期斗争后征服了他们。他们或把土著屠杀,或把他们变成奴隶,或把他们驱逐到南亚的南方。在这一过程中,印度河古文明消亡了,被埋入地下,无人知晓。因此在哈拉帕遗址和莫亨焦达罗遗址被发现之前,人们认为南亚的文明是从雅利安人创造的吠陀文明开始的,这两处遗址的发现把南亚的文明历史提前了一千多年。

莫亨焦达罗在当地信德语的意思是"死亡之丘",在历史上没有任何记载,不像塔克西拉曾被中国的晋朝高僧法显和唐代高僧玄奘分别在《佛国记》和《大唐西域记》中记载过,塔克西拉遗迹正是考古学家根据他们的记载发掘出来的,而莫亨焦达罗未见任何历史记录,遗址是英属印度时期的一位考古学家在考察一原误认为是建于公元 2 世纪的佛塔时偶然发现的。如不是那次偶然发现,也许还要在地下沉睡不知多少年呢。

印度古代的宗教是婆罗门教。根据婆罗门教教义,人隶属四个种性,即:一、婆罗门,即教士和学者,他们出自原人的头,是最高种性;二、刹帝利,即贵族和战士,出自原人的双臂,是仅低于婆罗门的种性;三、吠舍,即农夫和客商,出自原人的腿,低于前两者;四、首陀罗,即农奴和奴隶,出自原人的脚,是最低种性。各种种性人之间不能通婚,婆罗门及其子女永远是婆罗门,首陀罗及其子女永远是首陀罗。此外还有所谓的"不可接触者",他们从事所谓"肮脏的劳动",

根本不算人，如果高种性的人见到他们，就沾上了晦气，必须到恒河去沐浴。

是谁创造了这一宗教呢？我认为是雅利安人，而且是在他们战胜达罗毗荼人以后。当雅利安人还在西亚和中亚的大草原游牧时，他们是不知道种性的，但他们战胜达罗毗荼人以后，大概自认自己是最优秀的种族，必须是统治种族，不能与达罗毗荼人为伍，于是制造了种性制度。把自己定为婆罗门，至少是刹帝利，把被征服的黑色的土著一律定为首陀罗，甚至"不可接触者"，并规定不同种性之间不能通婚，以维护雅利安人血统的纯洁性。很显然，这种严格的种性制度是维护婆罗门的利益的。早年我在印度留学时对这种种性制度很不理解，心想人类社会在原始公社解体以后进入奴隶社会，出现了阶级，但那时也就奴隶主和奴隶两个阶级，印度的土地上怎么会产生如此严厉的的种性制度呢？这在世界上是独一无二的，因为没听说其他地方也有过种性制度。原来种族歧视不仅现代有，古代就有，证据就是古印度的种性制度。

显然这种性制度是低种性人难以接受的。后来社会上出现的各种沙门思潮，特别是主张"普度众生"的佛教就是对婆罗门教的一种反叛。公元前6世纪至公元前4世纪是婆罗门教的鼎盛时期，公元4世纪以后，由于佛教和耆那教的发展，婆罗门教开始衰弱。公元8—9世纪，婆罗门教吸收了佛教和耆那教的一些教义，结合印度民间的信仰，经商羯罗改革，逐渐发展成为印度教。印度教与婆罗门教没有本质上的区别，其教义基本相同，都信奉梵天、毗湿奴、湿婆三大神，主张善恶有报，人生轮回，轮回的形态取决于现世的行为，只有达到"梵我同一"方可获得解脱，修成正果。因此，印度教也称为"新婆罗门教",前期婆罗门教则称为"古婆罗门教"。

所以,种性制度源自种族歧视。说实在的,我对于婆罗门教的种性制度实在不敢恭维。1947年印度独立之后,法律上已废除了种性制度,这无疑是一大进步。但种性制度已存在了二三千年,其社会影响是一时难以消除的,我20世纪60年代在印度留学,就深感这种社会影响的深远。例如,那时我们使馆每年宴请印度雇员,就不能安排翻译和打字员同花工和扫地工坐同一桌,因为翻译和打字员会很不高兴:"怎么让我们和首陀罗坐在一起?"20世纪50年代产生的曾在中国风靡一时的印度电影《流浪者》,就深刻地反映了这一社会问题。

达罗毗荼人创造的印度河文明虽已消亡,但其对人类文明发展所做的贡献及其对后世的影响是抹杀不了的。那时达罗毗荼人已知道使用铜器,已进入农业社会,而雅利安人也许还在蒙昧时期,历史上文化先进的被文明落后的人群战败并不是罕见的事,雅利安人征服达罗毗荼人后在后者的影响下也很快进入铜器时代和农业社会。马克思把这种现象称作"文明的征服"。我的巴基斯坦朋友告诉我,在现代布洛灰语中就有许多达罗毗荼人的语言因素,我在信德省和俾路支省南部旅游时就常常发现有些人面貌很像非洲人,他们大概就是古代达罗毗荼人的后裔。我在印度留学时也发现,从印度南部来的学生长相同北印度人不一样,他们肤色较黑,有的甚至比黑人更黑,我想南印度人一定保有较多达罗毗荼人的基因。

种族歧视是荒唐的,也是极其有害的。现代的纳粹,谎称日耳曼人是雅利安人,是最优秀的种族,必须统治世界。他们发动第二次世界大战,对人类造成多大的伤害啊!他们特别痛恨犹太人,要把他们斩尽杀绝,结果600万犹太人死于非命。其实，根据现代基因学说研究，日耳曼人身上雅利安人的基因很少。他们的谬论纯粹是为发动战争制造借口，因此必然遭到失败，长期搞种族歧视的南非白人政府不是最后也垮台了吗？

既是人类，就无分谁优谁劣。种族可以不同，肤色可以相异，但各个种族都创造了高度的文明。不同的种族，不同的宗教，不同的文化，应该互信包容，互相学习，互相借鉴。习近平主席说："文明因交流而多彩，文明因互鉴而丰富。文明交流互鉴是推动人类文明进步和世界和平发展的重要动力。"他还多次引用"各美其美，美人之美，美美与共，天下大同"的话来说明，人们不仅要懂得各自欣赏自己创造的美，还要包容地欣赏别人创造的美，这样将各自之美和别人之美拼合在一起，就会实现理想中的大同美。

中国人民历来懂得"和而不同"和"和为贵"的道理，我们大力吸收外来文化来丰富自己的文化，自从西汉的张骞开辟丝绸之路以来，我们从外面吸收了多少东西啊！我们现在日常吃的东西中，像葡萄、胡萝卜、石榴、胡麻、芝麻、西红柿以及玉米等原来都是中国本土没有的，都是引进的；我们乐器中的京胡、二胡、琵琶等等也都是引进的，现在已成为我们民族乐器中的重要组成部分。现在中国有道教、佛教、伊斯兰教、基督教等各种宗教，但除了道教是土生土长的，其他宗教都是引进的，中国很有影响的佛教就是从南亚引进的。中国晋代高僧法显和唐代玄奘西行取经，历尽磨难，体现了中国人学习域外文化的坚韧精神。

我有时也想，世界有四大古文明，为什么前三大文明，即古巴比伦文明、古埃及文明和古印度河文明都消亡了，他们的文字也成了死文字，唯有中华文明一脉相承，保存下来了，并进一步发展了，中国的汉字也一脉相承地流传到今天？诗仙李白的诗《静夜思》现代小孩都完全能懂，这就是因为中华文明是包容性非常强的文明。中国的主体民族汉族是中国的汉朝形成的，现在是世界最大的民族，一个民族的人口就几乎占全世界人口的五分之一，这是为什么啊？这就是因为汉族是包容性极大的民族。

纵观中国历史，我们看到，汉族在形成前就融入了中国许多部族，形成后在历史的长河中，像滚雪球一样愈滚愈大。中国历史上有一个鲜卑族是主动融入汉族的，这个民族通过武力入主中原后羡慕汉族的文明，主动学习汉语，使用汉字，甚至改用汉姓，久而久之，他们就融入汉族了。鲜卑人中有一支改姓陆，所以我有时想，我姓陆，也许我就是这一支改姓陆的鲜卑人的后裔呢！有一次我问过巴基斯坦著名的历史学家达尼教授，历史上强悍的白匈奴曾在南亚北部称雄一时，并以今天巴基斯坦的西雅尔科特地方为首都建立一个王国，他们不信佛，给佛教造成极大的破坏，现在白匈奴人到哪里去了？他对我说："白匈奴人后来同其他民族融合，形成今天的拉其普特人。你看看我，也许我就是他们的后裔啊！"这虽然是一句半开玩笑的话，但也说明一个事实，即在历史长河中，人类走向融合是谁也挡不住的历史趋势，当然，这一过程将是非常漫长的。

中国新时代的领导人倡议建设"一带一路"，并提出"和平发展，合作共赢"和建设"人类命运共同体"的理念是继承和发展我们传统的"和为贵"的理念，是符合历史发展的总趋势的，是符合世界人民的利益的，因而愈来愈受到各国

人民广泛的支持。

然而不幸的是，现在世界上，特别是西方仍有一些人反其道而行之，仍在鼓吹"种族优越论"和"文明冲突论"。我们中国人不相信这两种谬论，"种族优越论"必导致种族歧视，而"文明冲突论"必然导致仇恨、分裂、战争和屠杀。2013年我去英国旅游，在北爱尔兰首府贝尔法斯特，我看到有一道墙把这个城市分成两半，导游告诉说，这个城市的天主教徒和新教徒相互仇恨，经常发生流血冲突，政府没办法，只能筑墙把他们分开。我当时想，天主教和新教只不过是基督教的两个派别，相互关系就这样水火不容啊！这不是文明冲突论造成的恶果吗？再看我们中国，多种宗教存在，但我到佛教寺庙参观，会发现那里也供着孔子和老子；我去道观参观，会发现那里也供着佛陀和孔子；我去孔庙参观，也会看到佛陀和老子，可见我们中国人是主张不同文明相互学习、相互借鉴的。正因如此，几千年来中国从未发生过宗教战争。历史上欧洲的封建主们为了遏制伊斯兰教的发展，曾发动十次十字军东征，时间长达200多年，杀了许多穆斯林，基督教徒也死了许多人，结果呢？造成两宗教教徒之间的千年仇恨，至今不消。

所以，为了世界持久和平和人类共同发展，种族优越论和文明冲突论的吹鼓手们，还是尽早停止你们的吹鼓吧！

莫亨焦达罗引发我一系列的遐思，我相信我的想法不是没有道理的。

（2019年）

乌桕树下的怀念

在伊斯兰堡，我常常喜欢去夏克巴利安小山去看望一棵树，一棵不寻常的乌桕树。

这棵乌桕树是周恩来总理1964年访巴时亲手栽的，如今已长成一棵枝青叶茂的大树。前不久，在看完音乐专辑《早逝的乐章》之后，我又情不自禁地来到这棵树下……

今年3月19日至27日，我国青年代表团应邀访问巴基斯坦，并参加国庆观礼，团长正是全国青联副主席、中国音乐家协会副主席施光南。我代表使馆负责接待工作。代表团离开的前一天下午，按日程游览市容，施光南问我去哪里，我提到夏克巴利安山和那颗乌桕树。

他一听就感兴趣，立即表示一定要去看看。

第二天一早，我去机场送行，刚在贵宾室坐定，代表团的吴晓路就告诉我："我们的团长又有新作啦！"我急忙表示想知道是什么新作。施光南从上衣口袋里掏出一张纸，在自己的膝盖上摊平，我一看，是写在旅馆信笺上的一首歌，题目正是《乌桕树》。

小吴解释说："昨天我们参观了周总理种的乌桕树，施老师连夜作词谱曲，写了这首歌。"这时，施光南仿佛明白

笔者陪同唐家璇外交部长（右5）代表团在周恩来总理手植乌桕树前留影

　　了我急于想听这首歌的心意，竟小声地为我哼唱起来，从头到尾，认真极了。我不知道这首歌现在是否已经发表，我只记得这首歌节奏较慢，还明显带着巴基斯坦民歌音乐的色彩，歌词多次重复"乌桕树"。很显然，笔者反复呼唤乌桕树，是在表达对敬爱的周总理的思念之情，也在歌颂中巴友谊。

　　我听完施光南的哼唱，激动地站起来，连声说："太好了，太好了，非常动听！"想到小吴是歌唱家，因演唱施光南谱曲的《打起手鼓唱起歌》而受到巴基斯坦朋友的热烈赞赏，就对她说："你唱吧，唱吧，让这首歌在中国和巴基斯坦都流传开来！"然而，施光南却说："我还得修改呢，现在手头没有乐器，回去以后我还要在钢琴上修改呢！"

　　当时我多想把这首歌复印或抄录下来，留作永久的纪念，然而，贵宾室的扩音器响了，登机的时间到了。想不到，这竟成了我们的诀别。

大约三个月后，我听到了施光南因突发脑溢血逝世的噩耗，感到极为震惊和惋惜，我不能接受一位青年时代就喜爱的已被人民誉为"人民音乐家""时代歌手"才华横溢的人英年早逝的事实。当晚，我心情久久不能平静，写下了这样的诗：

悼施光南

相见虽恨晚，仙乐早醉心。
友邦喜初遇，乌桕结情深。
一曲贵宾室，相悦得知音。
何期噩耗来，长忆泪沾巾。

哦，乌桕树！我何时还能再听到吟咏你的歌声？

（1990年）

怀念田丁大使

不久前,我在整理、检阅多年积累的旧笔记本的过程中,找到了我写的悼念田丁大使的诗。这首诗是我惊悉田大使因心脏病突发猝然去世的消息的当晚写的。看到这首诗,我立即深深地陷入了对他的无限怀念之中……

田大使去世已22年,也许不少同志对他不熟悉,兹先略作介绍。

田丁,1928年生,陕西渭南人,同济大学肄业,1951年入中国人民大学外交班学习,1954年加入中国共产党。田大使历任外交部西欧非洲司科员、驻英国代办处随员、外交部领事司副处长、驻赤道几内亚大使馆临时代办、驻巴基斯坦大使馆参赞、驻塞拉利昂大使、外交部领事司司长、驻巴基斯坦大使、中国人民外交学会副会长兼秘书长。

1969年12月,田大使前往赤道几内亚就任时,为等班机,曾在卡拉奇停留了几天,那时我正在驻卡拉奇总领馆工作,曾陪同他到海边游过一次泳。那时他给我的印象是一个十分朴实和善的人。当时在赤道几内亚的工作条件十分艰苦,他在那里曾得过血丝虫病等热带病,吃了很大的苦,经历多年才治愈。但他对这一经历很少提及,我同他一起工作多年,他都没有怎么说过，有些事还是我从别人那里听到的。例如，有一次，血丝虫竟从他的眼睛里爬了出来！医院为此特留作标本，这也是我最近才知道的。

田大使在巴基斯坦任大使逾4年后，于1991年4月14日离任回国。由于他在巴基斯坦工作过两任，在任大使前还担任过政务参赞，在巴基斯坦任职时间逾8年，为中巴友谊作了积极的贡献，离任时巴总统特授给他"新月勋章"。他朋友很多，加上中巴关系又异常友好，因此离任前，除了要完成规定工作，还要出席为他举行的许多饯行活动，工作极其繁忙，常常一天需要出席五六场活动。我作为政务参赞有些活动需要陪同参加。我比他年轻11岁，有时一天下来也感到筋疲力尽，他却依然神采奕奕，精神抖擞。有时晚上活动回来，赶上使馆正举行集体活动，像跳舞联欢等等，他一定前往参加，至少也要去打个招呼。他回国后立即担任外交学会副会长兼秘书长，没有很好地休息调整，很快就上班了。学会副会长兼秘书长也是一个繁忙的岗位，因此他长期处于紧张的工作状态之中。

他回国后不久，巴基斯坦国民议会议长古哈尔·阿尤布·汗率议会代表团访华。议长是他长期的老朋友，因此田大使主动请缨，作为老朋友陪他活动一次。人大接受他的意见，安排他陪同游览慕田峪长城。想不到，就在这次活动中，意外竟发生了。

古哈尔议长后来曾告诉我："那天他陪我去游览长城，一路上情况都很好，坐在缆车上还兴致勃勃地给我介绍长城的历史，以后他不说话了，还轻轻地靠在我的身上，开始我没有在意，以为这是他亲近我的表现，后来我同他讲话，他

田丁大使拜会巴基斯坦总统伊沙克汗

不答应，我才感到情况不对了。我从他的衣袋里找药，没有找到。那时我们正在空中，一点办法也没有。从表情上看，我想那一阵子，他一定极为痛苦，可自始至终，他一声也未吱。好不容易缆车到了站，我立即叫人抢救，可是为时已晚，送到医院也没有抢救过来。我的这位老朋友是倒在我的身上走的，是为我而走的，因此我特别特别难过。我曾提出中止访问，中方朋友一再做我工作，我才坚持到访问结束。"

田大使突发隐性心脏病去世，是同他长期劳累过度有关的。难怪我在前去看望他的夫人蔺燕宜同志时，她一再向我强调："小陆啊（田大使夫妇早就习惯这样称呼我了），你可要吸取田丁的教训啊！工作积极是好的，但不能长期劳累过度，一定要注意劳逸结合，田丁他去世前一段时间实在太累啦！"

田大使享年63岁，他去世后李鹏、吴学谦、姬鹏飞、王汉斌、王芳、钱其琛等送了花圈，送花圈的还有古哈尔·阿尤布·汗议长、巴驻华使馆代办沙默德等。吴学谦、王汉斌、钱其琛、外交部和有关单位负责人、田大使的生前友好以及沙默德临时代办参加了遗体告别仪式。巴总统伊沙克·汗、总理谢里夫和古哈尔·阿尤布·汗议长还发来唁电、唁函。

田大使去世的消息国内通知使馆以后，使馆全体同志无不感到极为震惊和悲痛，因为从田大使离馆到他去世，仅仅相隔30多天的时间啊，一个深受大家尊敬的生龙活虎的人就这样走了，这是大家无论如何接受不了的，对我个人更是如此。我个人同他的情谊是非同一般的。他在使馆当参赞时，我是使馆秘书，他任大使时，我是使馆参赞，他领导过我达7年之久，他工作积极，兢兢业业，有时简直是废寝忘食。他对工作高标准，对生活低标准，生活极其简朴，他在使馆工作期间从未提过个人要求。他对同事坦诚厚道，助人为乐，他对我的帮助很大，他的工作精神、工作作风、思想情操对我都有潜移默化的重大影响，他是我的良师益友，可以说，我作为外交官的成长过程，是同他密切相关的。

得到田大使去世消息的那天晚上，我怎么也睡不着，后来干脆不睡了，起来写了一首悼念他的诗。得到他去世时的详细情况后，我对诗略作了修改，最后定稿如下：

悼田丁大使

你走了，走得这样匆忙，
没有告别，也没有遗言。

静静地，你靠在友人的肩上，
为友人，你把剧痛强压在心田……

你走了，走得这样匆忙，
没有告别，也没有遗言。

音容笑貌，仿佛就在眼前，
同桌共餐，明明就在昨天。

对待同志，你就像熊熊燃烧的火焰，
对待工作，你永远不知疲倦。

然而，绷得太紧的弓弦易断，
长城脚下，你过早地永别了你无限眷恋的人间。

为了友谊，你奉献全部心血，
噩耗传来，伊斯兰堡的天空也骤然阴雨连绵。

你走了，走得这样匆忙，
没有告别，也没有遗言。

然而，你突然离去，给亲人，给朋友，
留下多少痛惜、悲伤和思念……

我写下这首诗后,除了我的夫人,没有给任何人看过。当时只是想通过这首诗,表达我自己对他强烈的哀痛之情。但我这次找到这首诗后,立即想到应该发表出来,以让更多的人了解他、怀念他、学习他。像他这样为党为国奋斗了一辈子,最后倒在岗位上的好党员、好干部,值得我们大家永远怀念,特别像我自己,同他有知遇之情的人,更应永远怀念他,而不能随着时间的推移而轻易把他忘记。写到这里,我不禁已经热泪盈眶了……

谨以此文和我 22 年前写的诗,表达我对老领导、老朋友田丁大使的深深敬意和怀念。

(2013 年)

怀念徐以新大使

在这一时期，我们大力反腐倡廉并出狠招限制三公消费，我常常忆起徐以新大使。

徐大使是我们老一代的革命家，16岁就参加革命，曾参加二万五千里长征和西路军的战斗。新中国成立后，曾任外交部苏欧司副司长、司长，驻阿尔巴尼亚、挪威、叙利亚大使和外交部副部长。"文革"时期他受冲击，长期下放劳动。我1973年下放北郊干校时，他也在那里，并且在同一个队。我记得他给我们做过一个关于长征的报告，印象很深。1979年8月他出使巴基斯坦，时年已68岁（当时还没有退休制度）。不久我也去巴基斯坦工作，并且同魏渭康同志一起担任他的翻译。徐大使平易近人，待人诚恳，生活简朴，一心为公，很受大家的尊敬。徐大使离任回国后长期担任全国政协委员、常委。外交部根据他的资历和级别，一再要给他配备专车，但都被他婉拒了，因他感到实在没有必要。他说，我住的红霞公寓，离人民大会堂那么近，我去开政协会议，散散步就过去了，用不着专车。再说，散步过去还有利于健康呢。如果我真需要用车，临时给我派辆车就行了，干嘛一定要给我配专车呢，多浪费人力和物力啊！

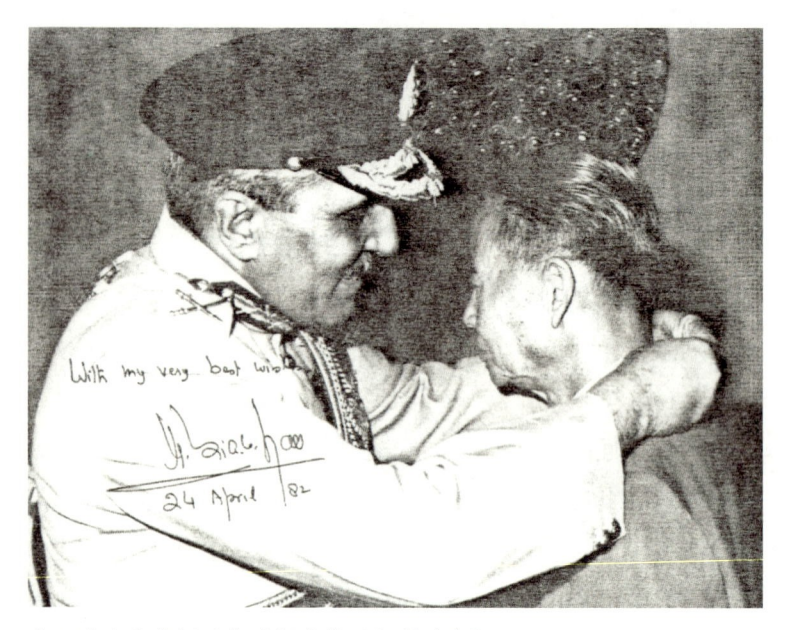

齐亚哈克总统授予徐以新大使"新月勋章"

　　现在有些官员不该享有专车的,给自己配备专车,还用超标车,不但自己用,还让自己的家属用,他们真该好好向徐大使学习。我有时想,如果现在的官员都能做到像徐大使那样,我们的三公消费就不会像现在这样的天文数字了。所以我认为,要控制三公消费,既要在制度上下功夫,也要大力宣传和提倡徐大使这样的艰苦朴素、克己奉公的精神和高风亮节。徐大使的英雄模范事迹还有很多,我这里不多说,有兴趣的同志可阅读李樵同志在徐大使夫人陆红协助下写的《徐以新传》一书。

　　1994年12月30日徐大使因病逝世,那时我正任职遥远的加勒比岛国,一时未能获悉。直到第二年4月,我才从《人民日报》上读到他逝世的消息,很是震惊。因为此前两年我在北戴河见到他时，他还显得相当健康。当夜，我就写了两首悼念小诗，后又给徐大使的夫人陆红同志写了一封慰问信，连同小诗一并通过抵馆的信使带回，一周后由住在锡拉胡同的女儿送达红霞公寓传达室。

我悼念徐大使的诗如下：

悼徐以新同志

从报上获悉，徐以新同志已经作古，我深感震惊和悲恸。二十年前我在北郊干校聆听他说长征，以及十多年前他出使巴基斯坦而我尾随在他后面为他翻译的情景，一一浮现在眼前。夜不能眠，吟成不讲究平仄的旧体诗两首，以志悼念，并表达作为外交后辈此时的心迹……

一

田头曾聆说远征，
冰化雪消春草生。
清真国里君出使，
各色人中我传声。
正计京华重欢聚，
何期天涯噩耗聆。
从此音容觅不得，
惟留明月见精神。

二

西窗声重风正狂,

起看星斗夜未央。

域外黑手正高举,

境内长城待加强。

忍看前辈频陨落,

怒问阎罗何事忙?

后生继志应发奋,

任重道远风波长。

(1995年4月作于特立尼达和多巴哥共国西班牙港)

光阴荏苒,徐大使离世已差不多20年了,徐大使夫人陆红同志离世也12年了。人总有一天要走的,要给一代代新人腾地方的,就像人工作到一定的年龄要退休,要给年轻人腾位子一样。否则如果孔夫子和孔夫子以后的人都活到现在,我们的国土上早没有今人的立足之地了。无怪毛主席生前曾对他身边的工作人员说过,我死了之后,你们要开个庆祝会,庆祝辩证法的胜利。中国老百姓其实早就懂得这个道理,把喜事分为两类,即红白喜事,把八九十的人去世归在喜事类,还准备很多碗让参加葬礼的人去拿,以沾沾喜气,只是在前面加一个"白"字罢了,称为"白喜事"。

人死之后大体有三种情况,一是被人怀念,或长期怀念,他们是对人类、对历史有功或有大功的人,像中华人文始祖黄帝、炎帝，以及近代的毛主席、周总理、小平同志等等，他们是善人、贤人。二是被仇恨被厌恶的人，被称为恶人或坏人，像历史上的秦桧，近代的希特勒、东条英机等等，他们是给人类造成灾难或巨大灾难的人。今天的贪官污吏和肆无忌惮进行三公挥霍的人也是或正在成为这类人。第三类人，既不被怀念，也不被人厌恶，或不十分怀念或厌恶，他们是既无大功也无大罪的人，他们易被人们忘记。徐以新属于第一类，他虽不能同一些伟大人物相比，但会被许多人，至少是像我这样对他有一定了解的人怀念。我今天在他离世快20周年时，写上述文字，并发表我近20年前写的悼念他的诗，表达我对他的怀念，希望像他这样的人不要被轻易忘记，他们的高贵品质和高风亮节能得到发扬。

(2015 年)

怀念巴基斯坦朋友
—— 阿迦兄弟

记得巴基斯坦前总统塔拉尔在接见访巴的中国代表团时,喜欢引用这样一句乌尔都文诗,来表达他对中国人民的深情厚谊:朋友的美好形象,就在我心的明镜之中,稍一低头,就能看见。他还说,中国朋友就是我们巴基斯坦人民心中这样的朋友。这句诗十分形象动人,加上他每次引用这句诗时,总请我这个懂乌尔都文的时任驻巴大使为他翻译,因此,这句诗深深地印在了我的心坎里。

今年,在庆祝中巴建交 60 周年和中巴友好年的日子里,我常常记起这句诗,因为它十分完美地表达了我的感情。这些日子里,我的许多巴基斯坦老朋友,特别是那些为中巴友谊作出重要贡献的朋友们的形象,总时时闪现在我心的明镜之中,激起我对他们无限的怀念。其中,被巴基斯坦朋友称为"阿迦兄弟"的,就是比较突出的两位朋友……

巴基斯坦的外交双璧

所谓"阿迦兄弟",就是指巴基斯坦外交界的一对亲兄弟，哥哥叫阿迦·希拉利，弟弟叫阿迦·夏希。他们都是巴基斯坦倍受尊敬的外交家，在巴基斯坦的外交史上留下了浓墨重彩的篇章；他们又是中国人民的老朋友，为增进中巴友谊作出过重要的贡献。

阿迦兄弟分别于1911年和1920年出生在印度的班加罗尔，大学毕业后都考入英属印度的文官系统，当过地方官。他们都追随巴基斯坦奠基人真纳，积极参加巴基斯坦的独立运动，印巴分治后他们来到巴基斯坦，并很快进入巴外交部。希拉利是巴基斯坦第一任礼宾司长，后又当外交秘书（外交部常务副部长），1955年后长期外任，曾任巴驻印度、英国、苏联、美国大使，这些都是巴基斯坦最重要的外派岗位。夏希曾长期在巴驻联合国机构工作，参加过许多国际会议，1955年万隆会议时他担任巴基斯坦代表团的秘书长，1955年至1958年任驻美国使馆的公使，1958年至1961年任巴驻联合国副代表，1964年至1967年任外交部辅秘，1967年至1972年任常驻联合国代表，1972年至1973年任驻中国大使，1973年至1977年任外交秘书，1977年至1982年任外交顾问和外交部长。夏希还从1982年开始担任联合国消除种族歧视委员会的委员，直到逝世。夏希从外交部退休后一直活跃在国际问题研究和交流领域，他和朋友一起创立了伊斯兰堡世界事务理事会，并任会长，后又担任战略研究所主席、名誉主席，这两个机构都是巴基斯坦重要的国际问题研究机构，夏希因此常常出面接待外国前领导人和国际问题学者访巴，或率团访问外国，开展国际学术交流活动，他是世界知名的国际问题专家。

阿迦兄弟特别是弟弟夏希的外交生涯，贯穿巴基斯坦立国后的历届政府。他们参与了巴基斯坦外交部的组建和外交政策的制定，经历了巴基斯坦立国后重大外交风云，是外交界的元老。他们常常处在巴基斯坦外交的风口浪尖上。

例如，1971年印巴第3次战争时，夏希正任巴常驻联合国代表，为了在联合国通过谴责印度侵略和要求双方停火撤军的决议，他日夜奋战。面对国家被肢解的危机和苏联、印度的蛮横无理，特别是苏联一次次使用否决权，致使决议不能通过，他义愤填膺。等到东巴基斯坦首府达卡已经陷落，巴基斯坦被肢解已成定局，苏联才停止使用否决权。当决议得以通过但已是一张废纸时，他站起来，一方面声泪俱下地谴责苏联和印度，一方面愤怒地把决议案当场撕碎，表现了巴基斯坦人的极度愤慨和无畏气慨。夏希曾告诉笔者，那是他外交生涯中最紧张、最悲愤、最痛苦的日子，一直让他刻骨铭心。

在夏希任外交部长期间，苏联10万大军入侵、占领阿富汗，近300万阿富汗难民进入巴基斯坦境内，巴方的安全受到严重威胁，巴基斯坦成为援阿抗苏的前线国家，面对严峻而复杂的形势，作为外交部长，为捍卫巴基斯坦的安全和最高利益，他在国际间折冲樽俎，费尽心机。他赞成在援阿抗苏方面同美国等西方国家合作，但不允许巴基斯坦的独立主权受到损害，终因在是否给美国提供基地等方面，同哈克总统产生尖锐分歧而辞去外长职务。

阿迦兄弟都是热忱的爱国者，总把国家的荣誉放在首位。有一件小事给我留下了深刻的印象。2004年，"中巴友好论坛"第2次会议结束后，我去机场为他和他的代表团送行。开始他和大家随意谈话，等到机场方面告知，他们乘坐的航班将晚点两小时起飞后，他立即从自己的文件包里拿出一沓剪报，认真地阅读起来。他对我说，这是他的关于一些国家少数民族情况的剪报，不久他将出席联合国消除种族歧视委员会会议，他必须认真作好发言准备，否则他的发言水平不高，就会影响巴基斯坦的声誉。他对我讲话时那样认真，又那样自然，显示他高度的敬业精神，并事事处处以国家利益为重。这件事虽很小，却给我留下了深刻的印象。哥哥希拉利也是爱国情深。据他的儿子巴基斯坦外交官扎法尔所写的回忆文章，希拉利退休以后，尼克松总统为感谢他为中美秘密外交发挥的重要作用，曾邀请他定居美国，但被他婉拒了，他对家人说，我不能对自己的国家不忠啊！

我在巴基斯坦工作多年，深深地感到，巴基斯坦人民特别是外交界十分尊重阿迦兄弟，我想这不仅仅是因为他们曾在外交界身居高位，更因为他们的人格魅力，特别是他们的高度的爱国主义精神和敬业精神，他们不愧为巴基斯坦外交的双璧。

中美领导人之间的秘密传话人

阿迦兄弟的外交生涯在相当程度上是同中国相关的，这使他们在心灵深处凝聚了浓浓的中国情。

哥哥希拉利的外交生涯亮点多多，但他在20世纪60年代末和70年代初，受叶海亚·汗总统的重托，参与在中美两国最高领导人之间传递口信，并且出色地完成了这项重要的使命，却是亮点中的亮点。

大家知道，由于美国长期奉行敌视新中国的政策，到20世纪60年代末，中美两国已对抗了20年，两国之间除了在华沙进行大使级的会谈外，没有什么接触。但是，到了60年代末以后，随着美苏争霸和中苏对抗愈演愈烈，中美两国领导人都感到了打开相互关系的必要性，并且都放出了一些试探气球。例如，美国总统尼克松通过一些同中美两国都友好的国家的领导人传话，表示愿同中国改善关系；中方则邀请美国乒乓球队访华，安排毛主席在天安门城楼上接见美国著名记者斯诺，并进行友好谈话，等等。尼克松总统认为华沙会谈这个渠道不保密、太拘谨，且易受美国国务院的干扰，又不解决问题，决定另辟一条"不会被白宫以外的人知道"，可保证他"完全的自由决断"的"白宫通向北京的直接渠道"。中美两国领导人最终确定由巴基斯坦总统叶海亚·汗居中传话，建立直接联系，这就是著名的"巴基斯坦渠道"。

所谓"巴基斯坦渠道"，叶海亚·汗总统是中心环节，但另外两个环节也不可或缺，这两个环节就是中国驻巴基斯坦大使和巴基斯坦驻美国大使。阿迦·希拉利1966年至1971年任巴基斯坦驻美国大使，他责无旁贷地承担起在中美两国领导人之间传话的历史使命。他高度重视这一使命，据巴基斯坦现已解密的档案，1969年10月15日，希拉利曾致函叶海亚·汗总统说，美国急切地希望打开中美关系僵局，如果在此过程中需要他本人在大使岗位上做些什么，他将非常乐意。

由于事情高度机密，需要绝对保密，本人又不需要翻译，传话的事希拉利自始至终亲自操办，不让任何助手参与。据当事人的回忆，当时中美之间的口信是这样传递的：如果美方有口信，一般由总统安全事务助理基辛格约见希拉利大使，

希拉利亲笔记下口信并当场核对。口信既无抬头，也无落款。希拉利回使馆后，如果需要，亲自在打字机上把口信打印清楚，然后附上自己的信件，注明"绝密，总统亲启"字样，通过信使，直接送达叶海亚·汗总统。总统收到口信后立即约见时任中国驻巴大使张彤，张彤大使偕翻译陈嵩禄立即前往。叶海亚·汗总统向张彤大使宣读口信，陈嵩禄记录并口译成汉语，并当场核对无误。张彤大使回馆后立即将口信的中文译文连同英文原文一起报回国内。中方的口信先发给张彤大使，张大使收到后立即约见叶海亚·汗总统。中方口信有中英文两个文本，张大使向叶海亚·汗总统宣读中文文本，然后由陈嵩禄宣读英文文本。有时为了节省时间，张大使在讲几句必要的话之后，让陈嵩禄直接宣读英文，叶海亚·汗总统则亲自做记录并当场核对。

为了保密，关于中美领导人之间传话的事，无论叶海亚·汗总统约见张彤大使，还是张彤大使约见叶海亚·汗总统，都是越过巴基斯坦外交部进行的。叶海亚·汗总统收到中方口信后一般派信使送达希拉利大使，由希拉利向基辛格宣读。这样的传话在基辛格秘密访华前的一段日子里进行得尤其频繁，为此，希拉利大使曾频繁地出现在白宫。据巴基斯坦著名学者艾贾祖丁的著作《从领袖经领袖到领袖》一书记载，叶海亚·汗总统本人所保存的有关"巴基斯坦渠道"的秘密文件就有49件，其中很多是希拉利大使给他的报告，可见他为中美秘密传话做了许多具体的工作。

中美通过巴基斯坦秘密传话的直接结果，是1971年7月9日至11日基辛格的秘密访华和中美发表关于尼克松总统将访华的震惊世界的公告，中美关系正常化的大门自此打开。

此事具有重大的历史意义，已成现代国际史上的佳话。许多外交史著作，包括尼克松和基辛格的回忆录都提及并高度评价此事，希拉利在其中所做的工作功不可没。"巴基斯坦渠道"能够取得成功，是同中美巴三方，包括希拉利大使的保密工作做得好，以致在尼克松将访华的公告发表之前，没有任何泄露分不开的。希拉利严守机密，不向任何无关人士泄露，包括同为巴高级外交官的亲弟弟夏希。当时夏希正任巴常驻联合国代表，常有机会见到哥哥希拉利。有一次我问夏希，在中美之间秘密传话期间，他哥哥是否同他分享过任何机密，他明确地说，没有。他还说，哥哥是个非常自律的人，要保密的事，不会告诉任何人，包括他在内。

在基辛格通过巴基斯坦秘密访问中国期间，我正在驻卡拉奇总领馆工作，当然不知其里。但在事情公开以后，我回忆起，就在基辛格访巴的前几天，我陪同总领事去机场时曾在机场见到过希拉利。所以，我后来一直认为，他这次回国很可能同基辛格秘密访华有关，因此他不仅为基辛格的密访做了事前联系工作，也一定参与了实际安排。考虑到事情的原委，我觉得这样认为不是没有道理的。

为感谢希拉利为中美打开关系所做的许多工作，中国外交部于1973年10月专门邀请希拉利偕夫人访华。周恩来总理于10月晚9时30分接见了希拉利夫妇，并进行了亲切友好的谈话。周总理高度评价巴基斯坦领导人和希拉利本人所做的工作，说："在中美关系缓和方面，巴做了大好事，做出了历史性的贡献。"

希拉利退休后定居卡拉奇，但他每次到伊斯兰堡都要去探望中国大使或代办。记得他说过，他来伊斯兰堡是为了探

笔者在使馆欢迎夏希，夏希身后是巴基斯坦前驻华大使帕蒂

亲访友，会见中国朋友是必不可少的项目。他来时我国大使或代办总设便宴热诚款待他，边吃边谈，或叙旧，或纵论天下和中巴两国的大事小情，其乐融融。笔者作为翻译或后来作为代办曾多次参与这种聚会，留下了深刻而美好的记忆。希拉利中等身材，不胖不瘦，面貌清秀，和蔼可亲。记得一次在谈到他为中美秘密外交所做的工作时，他非常高兴地说，他有幸参与这项工作，不仅为中美关系出了力，也为巴基斯坦争了光，是他外交生涯最值得自豪的一页。他退休后还担任卡拉奇巴中友协主席，为推进巴中友好尽力。1987年10月，他率领卡拉奇巴中友协代表团访华，受到中国政协主席邓颖超的接见。

2001年2月，希拉利在卡拉奇逝世。那时我正在巴基斯坦任大使，在报纸上读到消息后，立即向他的家属和巴外交部发去唁函，表示沉痛的哀悼。我还在不久后往见住在伊斯兰堡的夏希，向他表示诚挚的慰问。手足情深，记得夏希对笔者说，哥哥享年90岁，已经是高寿了，但一想到以后再也见不到哥哥了，心里就特别难受，他说着说着，不禁潸然泪下。

"周恩来大道"的首倡者：中国人民的老朋友阿迦·夏希

阿迦兄弟中，弟弟夏希的中国渊源比哥哥希拉利还要深远。早在1951年至1955年，他任外交部副秘和联秘时就开始主管中国事务。1955年担任出席万隆会议的巴基斯坦代表团秘书长时，目睹过周恩来总理和陈毅副总理的风采。1961年任司长后曾参加中巴边界会谈。1967年至1972年他在任常驻联合国代表期间，为恢复中国在联合国合法权益作过积极的努力，1966年至1971年，巴基斯坦每年都是关于中国提案的联合提案国。他从联合国离任后立即到中国任大使，这使他同中国的关系更密切了。以后在任外秘、外交顾问和外长期间他多次访华。1976年访华正遇上毛主席逝世，因而参加了悼念活动，并瞻仰了毛主席遗容。他退出外交第一线后领导的智库，像巴基斯坦战略研究所和伊斯兰堡世界事务理事会等，同中国的智库像外交学会、国际战略学会等都建立了交流合作关系，因此他有频繁访问中国和接待中国代表团访巴的机会。

2001年，中巴庆祝建交50周年派代表团互访，他任巴方代表团团长。2004年，他应邀来北京参加和平共处五项原则发表50周年纪念大会，并发表了讲话。他在讲话中强烈抨击违反和平共处五项原则的"单边主义"和"先发制人"谬论，盛赞中国的外交政策，还特别提到巴基斯坦人民永远怀念周总理，指出正是由于周总理和陈毅副总理的互谅互让精神，使中巴边界谈判迅速地达成协议。他的讲话受到高度赞赏。

2003年，巴基斯坦总理贾迈里访华时，中巴两国总理宣布成立"中巴友好论坛"，以进一步增强两国的纽带。鉴于夏希的声望和影响，巴方推选他为"论坛"巴方主席，夏希欣然接受，当时他已83岁高龄。

夏希在任驻华大使和访华期间曾受到中国领导人毛泽东主席、周恩来总理、邓小平同志、华国锋同志等的接见。夏希特别尊崇周恩来总理。现在巴基斯坦首都伊斯兰堡通向使馆区的主道叫"周恩来大道"，就是由夏希发起，同一些友好人士联名向穆沙拉夫总统建议并得到同意而命名的。

夏希对我国前副总理、前外长黄华同志也怀有深深的情谊和敬意，这是因为在他们担任各自国家常驻联合国代表时曾有过密切的合作。在当时东巴问题上，黄华坚决站在巴基斯坦一边，在行动上密切同他配合，在被他称为自己外交生涯"最紧张、最悲愤、最痛苦"的时刻，黄华的同情和坚决支持让他刻骨铭心，难以忘怀。他们在担任各自国家外交部最高领导后又实现了互访。1980年，黄华外长受外交顾问夏希的邀请访问巴基斯坦，受到夏希和巴政府热情友好的接待。那时我正在驻巴使馆，也参加了有关工作。黄华同志对夏希也有深刻的印象。黄华同志在他的回忆录《亲历和见闻》一书中，这样描述夏希："我同夏希先生在20世纪70年代初在纽约任职时即认识，我和他都是各自国家的常驻联合国代表，合作交往较多，他是巴基斯坦的杰出外交家，一派学者风度，他思绪敏捷明快,口若悬河,待人和蔼可亲,我十分敬重他。"在写到退休后特别高兴见到的外国朋友时,他第一个提到的就是夏希。

我同夏希的友谊长达 30 多年。夏希的名字我早就知道,但同他直接打交道是从 20 世纪 70 年代开始的。有一年他作为外交秘书访华,我作为亚洲司一般工作人员参加接待。有两件事给我留下了深刻的印象。一次我走近他的房间,听到房间里发出"嗒嗒嗒"的声响,进门一看,原来是他自己正弯腰坐在打字机前打字,他对我说,明天要见中国领导人,很重要,我得准备好,原来有一个谈话提纲,现在根据新情况要修改一下。一位外交高官办事一丝不苟,且事必躬亲,这是我所未想到的。另一件事,是夏希嗜吸烟斗,他的衣服也常常被烟火烧坏。他当过驻华大使,知道中国有高超的织补技术,因此这次访问,他带来了两套袖口烧了好几个洞的西服,我帮他把西服送到王府井织补店织补。当我把织补好的西服送还给他时,他一边检查织补的地方,一边说:"太妙了,太妙了,一点痕迹都没有,中国人的手真巧啊!"然后他把双手一举,竟高兴得像孩子似地喊了起来:"哈哈,我又有两套新西服啦!"他的这一率真的形象永远地印进了我的记忆里。

1979 年我到驻巴基斯坦使馆工作时,夏希正任外交部长。那时我国驻巴大使是徐以新,巴方知道徐大使是老资格的革命家,参加过长征,年事又高,因此特别尊重他,出面同他谈问题的都是外交秘书以上的官员,很多时候都是外长甚至总统亲自出面,我作为翻译也因此经常能够见到夏希。

1989 年我作为使馆参赞再回巴基斯坦时,夏希已退出外交第一线了，但在外交界和学术界仍很活跃，我们在各种外交场合经常见面和交谈。我也曾几次作为老朋友去他家拜访。

  1999年初，我出任驻巴基斯坦大使。记得在我对他进行礼节性拜访时，他十分高兴，热情地同我拥抱，并且讲了一番十分感人的话。他说，你从留学生到大使，真正是巴基斯坦的老朋友，也是我个人的老朋友，你来任大使我特别高兴。你为巴中友谊做的任何工作，都会得到我的全力支持，今后你在工作中有什么需要我协助的，可随时来找我。我在巴任大使期间，凡适合他出席的活动我都请他，而他也是每请必到。

  夏希的个人生活十分简朴。他终身未婚，没有家小，平时家里只有一名年轻的佣工，为他做些服务工作。他住的小楼，在伊斯兰堡算是很不起眼的那种，里面也没有什么豪华设施和高档的装饰，连沙发都显得很简易、很旧。他的屋子里最引人注目的是大量的书报杂志，特别使我感到惊奇的是，他竟利用楼梯的一边，作为层层堆放各种报纸的架子。就连他居住多年的这栋小楼，在2006年我访巴时才知道，原来也不是他的私产，而是租用的。张春祥大使告诉我，由于租金涨得太高，他那年已搬到外交部所属的房子居住，因为外交部的房子租金较低。可以想象，他新的住房条件可能更差。

  我同夏希交往最愉快的时刻，是2004年我们同游长江三峡。那年8月，在北京举行的第2次"中巴友好论坛"会议结束后，中方安排巴方代表团去长江三峡参观访问，我作为"论坛"中方秘书长陪同前往。由于开会任务已经完成，我们都怀着轻松愉快的心情登上旅程。一路上夏希谈笑风生，兴致极好。参观民俗村时，他问这问那，表现出浓厚的兴趣。他不顾年迈体衰，独自登上坛子岭最高点，在俯瞰三峡工程

笔者陪同夏希游览长江三峡

时,由衷地赞叹:"宏伟!"在参观电站运行后,他愉快地留言:"这是当今世界工程的奇迹!"他还高兴地接受当地记者的采访,盛赞中国改革开放取得的伟大成就。也就在这次同游中,我同他进行了相识以来最长的一次促膝交谈,时间近2小时。我们对坐在"仙婷号"游船的甲板上,一边欣赏三峡两岸的壮丽景色,一边天南海北地开怀畅谈,真是舒心极了。记得我们都谈到了自己的人生经历和感悟。"此情可待成追忆",那时那景成了我们共同的美好记忆。

夏希对于"中巴友好论坛"的工作,十分认真负责。每次开会,他都事先召集巴方成员进行讨论,要求他们开展调查研究,广泛征求意见,做好发言准备。在"论坛"第3次会议上,夏希就中巴开展纺织工业合作问题作了长篇发言,以详实的材料、确凿的数据,说明中巴开展纺织工业合作的条件、可能性和前景，内容充实，令人信服。发言后他还把书面稿交给中方。听完他的讲话，我既感动又惊异，他从哪里收集到这么多材料，他是怎么收集的？一个86岁的老人，做这么细致的工作，是多么地不容易啊！

然而就在那次会议以后，我对他的身体却倍加担心。因为我感到他的身体已经明显不如以前了。他有低血糖等多种疾病，在那次会上竟因精力不支而晕倒被扶出会议室。虽然他有高度的责任心、坚强的毅力，在服药休息片刻后又回来继续参加会议，并坚持到会议结束，但力不从心已经是十分明显的。

果然，不久以后就传来了噩耗。

2006年9月6日，为庆祝中国巴基斯坦建交55周年，中巴双方联合举办的友好论坛正在北京国际问题研究所举行。在下午的会议开始时，巴方代表，即巴前外交国务部长、前驻华大使伊纳姆·哈克先生站起来，以沉痛的声音向大家宣告："我刚刚得到消息，我们大家的老朋友阿迦·夏希先生，已于今天上午在伊斯兰堡逝世了！"听到这一消息，会议主席马振岗所长立即提议大家起立，为阿迦·夏希先生默哀三分钟。我也立即同"中巴友好论坛"中方主席徐敦信商量，以"论坛"中方主席和秘书长的身份，联名向巴基斯坦外交部发了唁电，对夏希逝世表示沉痛的哀悼。

夏希终身未婚，没有后人，他把自己的一生全部献给了巴基斯坦的外交事业，也为中巴友谊奋斗到最后一息。他的一生，见证了中巴友谊的发展过程，见证了周恩来总理为中巴友谊作出的突出贡献，而在本国首都建立"周恩来大道"的倡议，也成为夏希晚年再次为中巴友谊作出贡献的一个见证。

"人事有代谢，往来成古今"。阿迦兄弟已分别离开我们10年和5年了，但我们没有忘记他们，也决不应该忘记他们。在庆祝中巴建交60周年和中巴友好年的时候，我们看到，中巴关系已发展成为以"全天候的友谊""全方位合作"为特征的战略合作伙伴关系，成为和平共处五项原则基础之上国家关系的典范，中巴友谊已深入人心。这是60年来，中巴两国历代领导人和人民，包括阿迦兄弟这样的真诚朋友共同努力的结果。我们珍视中巴友谊，也珍视为中巴友谊作出贡献的人。今天我收集记忆中的点点滴滴，就是为了把我"心的明镜中""朋友的美好形象"，如实地描绘出来，留给后人，以寄托我对他们的永远怀念。愿中巴友谊万古长青，世代相传。

（2011年）

人间最美是友谊
—— 怀念卡什费老师

"人间最美是友谊",这是我的巴基斯坦老师卡什费对我讲过的一句话。那是 20 世纪 90 年代的事了,那时我担任驻巴使馆的政务参赞,一天我在卡拉奇大学留学时的老师卡什费教授到伊斯兰堡来办事,顺便来看望我,我请他到一家中国餐馆共进午餐,聚谈甚欢。餐后告别时,他一边同我拥抱,一边在我耳朵里悄悄地说:"人间最美是友谊。"

啊!人间最美是友谊!多富有诗意的语言啊!记得老师同我拥抱分别时,眼睛一直是泪光盈盈的,我自己当时情绪也很激动,也一定是泪光盈盈的。自那以后,老师的这句诗一样的话,和他讲这句话的情景,就永恒地镌刻在我的心中,并且不时地回忆起来。

我同卡什费老师的友谊是从 1964 年开始的。那年,我和老同学魏渭康作为留学生进入卡拉奇大学文学院的乌尔都文系学习。我们并不是乌尔都文的初学者,在此之前,我们已在印度德里大学学了两年乌尔都文,并且已在北京外文出版社乌尔都文组等处实习过 1 年多,已经能说能写乌尔都文,但需进一步提高。1964 年,中巴签订文化合作协定,交换留学生。我们是交换来的第一批中国留学生，拿着巴方奖学金。

卡拉奇大学对我们这第一批中国留学生十分重视，根据我们的语言水平，安排我们在专为外国学生开设的研究生班学习，让乌尔都文系的所有老师都给我们上课。他们"铁路警察，各管一段"：系主任阿布赖斯·西迪基教授讲文学史，沙·阿里教授给我们讲小说，阿布杜尔·卡尤姆教授给我们讲诗歌，特别是"厄扎尔"（抒情诗）诗和哈里的"穆萨达斯"（六行诗），法尔曼·法塔布里教授讲语法，卡什费老师负责我们的精读和作文、翻译等，贾米尔·阿赫塔尔负责我们的泛读。他们都是当时巴基斯坦顶级的乌尔都文教授和学者，不仅为我们开小灶上课，他们给巴基斯坦学生开的任何课，我们还能随意去旁听。晚上晚餐后，还有友好的巴基斯坦学生陪我们散步聊天，练习口语。因此，我们在卡拉奇大学两年的学习条件和学习环境是极好的，进步也是很快的。

卡什费老师负责我们的精读，并为我们批改作业，因此他给我们上课的次数最多，也最关心我们，好像是我们的班主任。他不仅关心我们的学习，还关心我们的生活。如当他获悉我们每月从银行领取200卢比的奖学金后，曾多次建议我们把奖学金取出后，就立即存入银行，说这样可拿到一些利息，何乐不为？但对这一点，我们没有照办，因为我们每月的奖学金在支付饭费等费用和购买生活必需品后所剩不多，存银行后利息不多使用又不方便，也就懒得去存了，但我们对他的好意还是心领的。他还向我们介绍卡拉奇市场的情况。他告诉我们，卡拉奇市场上除了本国的商品，西方国家的商品也很多，飞利浦电气制品很有名，但很贵。近年，日本的商品多起来了，日本商品便宜，但质量差。他就住在学校的宿舍区，校方分给他一栋两层小楼，他住小楼的一半。跟他学习一段时间以后，他就热忱地邀请我们去他家做客。

我们第一次去他家，出来迎接我们的，除了他本人外，就只有名叫阿基夫的6岁的儿子。就在我们进卡拉奇大学前几个月，卡什费家里发生了一件重大的不幸事件。一天，他的妻子带两个孩子乘摩托三轮出租车出行，就在学校附近，摩托三轮同一辆大卡车迎头相撞，他的妻子和两个孩子当场死亡。这次车祸使他一下子失去自己的妻子和两个孩子，对他的打击和造成的伤痛是可想而知的。这次不幸的事件是全校都知道的，因此我们入学不久也听说了，但卡什费老师从未对我们说过此事。卡什费老师的客厅非常简朴，家具不多，但墙上挂着的一张画引起了我们的注意。这是一张美丽的青年妇女的画像，特别之处是，画像显得很忧伤，眼睛下面有两滴眼泪。我想这一定是卡什费老师为纪念自己的因车祸而早逝的妻子和两个孩子，自己或请人作的画，我们非常同情他的遭遇，怕引起他伤心，因此看了以后我们也不便多问他什么。我们知道他对自己的妻儿是极怀念的，有一次我旁听他的课，他正讲爱情在乌尔都诗歌中的地位问题。他朗诵了自己的诗，最后一句竟然是："啊，真主啊，我一下子无头无手啦！"我想，这一定是他在抒发车祸夺取他妻儿的大悲哀。

阿基夫是个非常伶俐的孩子，爱和我们搭话。他很有礼貌，称我们"驾尔驾"（叔叔），我们也特别喜欢他，但一想到这个可爱的孩子已失去自己的母亲和手足，就感到非常悲哀，也更加疼爱他。我们每次去都想给他带些什么，无非就是从使馆弄些中国糖果和小儿书之类的东西。

但我们第二次去他家，不仅见到阿基夫，还见到了女眷。老师对我们说，我们穆斯林家庭成年女眷是不见外人的，但你们是我的学生，已来过我们家，不是外人了。因此我请我的女亲戚也出来见你们，帮我招待你们。卡什费老师是虔诚的穆斯林。他对我们说，他的全名是赛义德·阿布海尔·卡什费，名字中有赛义德，表明他的祖先可追溯到穆圣的家族。

卡什费老师教书是很认真负责的，为我们讲解课文不厌其烦。我们常把乌尔都文报纸拿到课堂上去，并问他很多问题，他总耐心地作答，这是为了尽快提高我们读报能力。然而他不赞成我们把报纸当教材，他说报纸的文字是低水平的，有时甚至是错误百出的，老学报纸的语言，很可能反而把自己的乌尔都文学坏了。他说要学好乌尔都文，必须多读乌尔都文的经典文学著作和诗歌，他建议我们读现代著名小说家肖克特·西迪基描写印巴分治的长篇小说《真主的大地》，于是我们都去买了一部读起来。他一个一个为我们当堂批改作业，主要是我们的作文和译文。他批改过的作业本我至今保存着，多次搬家都舍不得处理掉。

卡什费老师从未无故缺课，只有一个例外。他酷爱看曲棍球比赛，只要获悉学校附近有曲棍球比赛，他必去看，那时他就向我们请假，第二天再补上，对巴学生的课也一样。

对我们这两个刻苦用功的中国学生，卡什费老师是很赞赏的，总在想办法让我们多学一些。对我们取得的好成绩也是非常高兴的。我们毕业考试的成绩都是 A，他很高兴，总爱在别人面前提起，还特别把我们的考试成绩登了报。我不知道把学生的考试成绩在报上公布，是巴基斯坦大学的惯常做法，还是卡什费的特殊安排，我想有可能是他的特殊安排。

卡什费老师对我们日后的晋升也很关心。我们毕业后进入我驻巴使馆工作。不久我们在卡拉奇的一家中国餐馆举行了一次谢师宴，对老师的辛勤教导表示感谢，全体老师都出席了。记得宴会上卡什费老师就问我，在使馆担任什么工作。我答："我们是使馆的'穆塔尔晋'（翻译）。""那是三秘还是二秘？""都不是。""那怎么行？在你们之前，我的一位日本学生一入使馆就得三秘衔，并且不久以后又提升为二秘衔，你们学习成绩比他好，怎么什么衔都没有？"言语之间颇为我们打抱不平。他以后见到我也多次问我这个问题，而我总是以"穆塔尔晋"作答，他就显得很气愤了。他哪里知道，那时中国已进入"文化大革命"时期，学校都停课，机关情况不正常，也不会考虑干部的正常晋升问题。我们不仅入使馆时未得什么头衔，一直到四年后离任回国也未得什么头衔，一直就是个"穆塔尔晋"，保持使馆职员身份，护照也未换成外交官的红皮护照。我们大学就上了4个，在国内2个大学学习英语，在国外2个大学学习乌尔都语，历时共9年，还有一段工作经历。要是现在，毕业后肯定不会是那样的待遇。其实那时我们对自己拥有什么头衔并不十分在意，也从未向领导提过什么晋升的要求。但卡什费老师比我们自己更在意，大概在他的心目中，我们是他的"得意门生"，未得及时提升，是受了不公正的待遇，因而愤愤不平。

我们离开学校之后，仍和卡什费老师保持联系，至少我们在新年到来之际要给他发贺年片，并寄给他中国印制的月历，他也给我们寄贺年卡。我们还曾托他办成了一件事，即给我们补办了毕业证书。

过去我们对文凭是不重视的，心想，自己的学历档案里都有显示，有没有文凭无所谓，所以我们离开卡拉奇大学时并没有关心文凭的事，也没有想到应回大学领一张文凭。然而到20世纪80年代，学历在我们国家突然变得重要起来，评职称和晋升都讲学历和文凭，于是社会上出现了一股"文凭风"，我也不能"脱俗"。当时魏谓康同学正在外交部工作，也写信给我，请我给卡什费老师写信，请他设法为我们补发两张学历证明。于是我给他写了信，不久我就收到回信和证明。我一看是乌尔都系开的证明，证明我们何年何月曾在乌尔都系学习，并取得了优异成绩，盖的是乌尔都系的章，不是卡拉奇大学的章。那时卡什费老师已是乌尔都系的系主任，做这件事可谓举手之劳。然而我们觉得，这不是正式的学历证明，作用不大。于是我给他再写信，说明我们要的是卡拉奇大学出的正式学历证明。但去信之后长期没有得到回音。过了近三个月，我才收到他的回信和"经过大的努力"才得到的学历证明。原来我们离校已20多年，学校领导早已换人。他和当时的有关领导谈了多次，那位领导就是不同意，说我们卡拉奇大学是巴基斯坦的正规大学，怎么能随便给两名外国学生开学历证明呢？老师争辩说："你难道不相信我这个系主任的话？"两人几乎吵了起来。最后没法，他就亲自跑到校档案馆，在浩如烟海的学生档案中找出我们两人的原始档案，并确认我们当年确未领取学历证明，那位领导才同意，并经大学最高领导副校长（校长由总统兼任）批准，给我们开了学历证明。这件事充分体现了他为我们这两名中国学生办事的认真和执着，也体现了他对我们的深厚情谊，因此我们对他也更加尊敬和爱戴了。

我在伊斯兰堡工作期间他多次来看过我，有一次是和他

笔者夫妇在我国驻卡拉奇总领馆宴请卡什费老师和夫人

的夫人一起来的。他的新夫人我们也早认识，名叫毗尔吉斯，我们在卡拉奇大学学习时，她正在大学读博士学位，学习的地点就是系里的大办公室。我们每天去上课，总先到办公室，因此常同她见面，她对我们很友好，很愿意同我们聊天，我们有时也向她请教语言方面的一些问题。她同卡什费老师结婚是我们离校后的事，具体什么时候，我们不知道。我们对她同卡什费老师结婚是很高兴的。我们在卡拉奇大学学习时需要穿一种校服，这是一种黑色的罩袍，男女都一样。记得卡什费老师和毗尔吉斯都对我们说过穿这种校服的好处，说穿了校服，男女学生，穷富学生，都一样了，大家平等了，都成了兄弟姐妹，因此女学生在学校内是不需戴面纱的，更不需要戴"布尔加"（一种从头到脚都罩起来的女袍）。但到校外就不同了，我看到，在校外，如在公共汽车里，许多女学生都戴上面纱。我们每次去上课，也都规规矩矩地穿上这种校服。

因为他和夫人都来了，因此我也请夫人一起出来款待他们。他们见到我的夫人很高兴，并对我夫人多有赞赏。我们边吃边聊，十分尽兴。我们相互询问了各自家庭的情况，得悉他们婚后育有五个子女。我当然问了阿基夫的情况，此时毗尔吉斯很高兴地说，阿基夫很有出息，大学毕业后经考试进入巴基斯坦文官系统，现在已是一个地方的副专员（相当于中国的县长）。言语表情上都显示出她很喜欢阿基夫，视如己出。我真为老师后来的幸福感到由衷地高兴。

在我们这次聚会前，卡什费曾应我国外文局的邀请，偕妻子儿女在北京工作生活过四年。因此，他谈到了在北京的工作和生活，表示很怀念在中国的日子和中国的朋友。

卡什费老师在中国时我在巴基斯坦，那几年我们没有联系，我不知道他的具体情况。但有一天我在《大公报》发表的中国作家辛迪写的好像关于亚非作家什么会议的长篇系列报道中，读到"巴基斯坦诗人卡什费朗读了赞美亚非人民大团结的诗篇"这样的话。

就在这次聚会上，卡什费老师对我作了我们相识以来惟一的一次批评。

在我们谈到中国和巴基斯坦的文学问题时，我突然想到，中国的经典文学名著《红楼梦》的英文版已在中国出版，我已从文化处弄到一套，我应把他赠送给自己的老师，于是请夫人从自己的宿舍把之取来。她取回来时，因为跑得急了一些，回到会客时有些气喘，他一见此情形，以为一定是我令她快跑了，对自己的夫人不够尊重和爱护，他同自己的夫人交换了一下眼色，脸有愠色，很严肃地说：

"你怎么忍心让夫人跑得气喘吁吁啊？！"

我不好意思了，立即解释："我只是请她把书给我从自己的房间取来，并没有让她快跑。由于我的房间离此处较远，她怕我们等的时间太久，走回来时急了一点。"

从这件事，我看出他平时对自己的夫人一定是十分尊重和爱护的。

1999年，我出任驻巴基斯坦大使，不久我去卡拉奇开展工作，期间，我专门在总领馆宴请了我的老师们和卡拉奇大学乌尔都文系的时任老师们。毕竟已过去三十多年，我的老师已全部退休离开了学校，有的已经去世，总领馆花了大劲，才找到卡什费老师和贾米尔·阿赫塔尔老师的地址，发了请柬。那天，来参加宴会的只有乌尔都文系的时任老师和卡什费老师。他们都按时抵达。我请他们围坐在一圆桌，请卡什费老师和乌尔都语系的时任主任分坐我的两边。那天，卡什费老师显得很高兴，谈笑风生，当年他曾因我不能及时提升而愤愤不平，今天见到自己的学生成了中国驻巴的最高代表，内心肯定是满意的。

我在讲话中对历年来乌尔都语系为中国培养乌尔都语人才所做的贡献表示高度赞赏，特别对卡什费老师当年对本人和魏渭康同学的厚爱，表示由衷的感谢，赞赏他们为发展中巴友谊作出了宝贵的贡献，相信他们将为发展中巴友谊继续作出更大贡献。我特别讲了乌尔都语为我的外交生涯发挥的重要作用，甚至在遥远的特立尼达和多巴哥，我的乌尔都语也发挥了作用，因为那个国家的40%的人口来自南亚，其中不少人懂乌尔都语，我用乌尔都语深交好几个特多朋友，其中包括特多的前国民议会议长和外交部礼宾司长等。对这一段经历，卡什费老师和在场的人都很感兴趣。

卡什费老师还问了魏渭康同学的情况。我告诉他，魏渭康同学在我国驻巴基斯坦使馆任一秘，回国后在外交部主管巴基斯坦等国事务的处任处长后，出任我国驻新加坡使馆的政务参赞，后又在一个驻欧洲使馆担任代办，现已退休。我回国后也将退休，因为我们都已届退休年龄。我还告诉他，我和魏渭康同学在北京的住处相隔不远，因此常聚会，回忆在卡拉奇大学学习的日子，怀念老师们。他听后高兴地说，看来你们为中巴友谊都作了工作，我很感欣慰。

贾米尔·阿赫塔尔老师那天未能参加宴会，他在后来给我的来信中说，由于那几天他处于重病之中，失去了同我重聚的良机，感到特别遗憾，对我三十多年后仍记着他，表示由衷的感谢，言辞情真意切，也使我感动，我曾回信问安。

为了报答乌尔都语系，在我任大使期间还用大使基金，赠送乌尔都语系一套语言电教设备。

2002年3月，我任职期满。因为我在卡拉奇的朋友多，因此除了伊斯兰堡，我在卡拉奇也举行了告别招待会，当然我向卡什费老师发了请柬。记得那天他来得最早，走得最晚。大概想到这次分别后，不知何年何月才能见面，他对这次分别显得依依不舍。

我回国后也常常想起卡什费老师，并常同巴基斯坦朋友谈起。大概十年前，我在巴基斯坦驻华使馆的招待会上获悉他已于两年前去世，感到十分悲痛，当晚，我写了这样一首诗：

怀念卡什费老师

闻君两年前仙逝，
一时难忍泪和涕。
识君季节君大难，
分别时分君不辞。
谆谆教导永不忘，
音容笑貌我常忆。
最忆老师是金句：
"人间最美是友谊。"

是的，人间最美是友谊。只要世界上友谊多一分，美丽就增一分。可以告慰老师的是，今天，中巴友谊进一步发展了，中巴正建设经济走廊，实现互联互通，建设命运共同体。他最珍视的友谊，正在中巴两国之间，绽放出愈来愈绚丽的花朵！

谨以此文纪念我的巴基斯坦恩师——赛义德·阿布海尔·卡什费教授。

（2018 年）

怀念达尼教授

获悉哈桑·艾哈默德·达尼教授逝世的消息，我感到很悲痛。我同他交往的情景像影片似地一幕幕闪现在我的眼前。

达尼教授是巴基斯坦著名的历史学家和考古学家，他精通梵文和南亚次大陆多种古代文字和语言，治学严谨，成就卓著，为巴基斯坦的考古与历史研究的发展作出了重要贡献。特别是他对中亚和丝绸之路的历史文化有独到的研究，他对丝绸之路的复兴可以说发挥过先驱的作用，因为他曾建议联合国教科文组织组团考察历史上的丝绸之路。并且，在他的建议被采纳之后，亲自率团从中国开始，对丝绸之路进行了实地考察，在中巴两国合作建成喀喇昆仑公路之后，他率自己的学生沿喀喇昆仑公路进行了细致的考察，并写出《喀喇昆仑公路沿线人类文化遗迹》一书，这本书被誉为是关于丝绸之路喀喇昆仑段的重要文选。他于24岁时就参加了犍陀罗艺术中心塔克西拉遗址的考古发掘工作。

达尼教授1920年出生于印度赖普尔县的一个穆斯林家庭。1947年印巴分治后，达尼先生来到巴基斯坦。1962年，他受聘到白沙瓦大学任教并创办了考古系。1971年，达尼先生受聘到伊斯兰堡的"伟大领袖大学"任教。达尼教授是该校的终身教授，并担任塔克西拉亚洲文明研究所所长。为表彰达尼教授对国家的贡献，巴基斯坦政府授予他卓越星章（1969年）、杰出勋章（1992年）和卓越新月勋章（2000年）。

达尼教授对中国怀有深厚的友好情谊。他同中国历史界保持密切的关系。他同中国回族历史学家白寿彝教授的友谊特别值得一提。记得白教授的著作《中国通史》出版以后，他曾写信给使馆，请使馆向达尼教授转交这部著作。当我前往他的住处向他转达白教授著作和白教授致他的信时，他极为高兴，并对我讲述了他同白教授的友谊故事。达尼教授平易近人，不摆大教授的架子，谈吐又诙谐，因此中国在伊斯兰堡的外交官、记者和学生都喜欢同他结识，向他请教。就我所知，他们中有多人因此同他建立了深厚持久的友谊。

我本人同达尼教授的友谊也历时长久，早在我在使馆当秘书和参赞时就知道他的大名，在外交和社交场合见到他时就喜欢同他接近和交谈。1998年，我出任驻巴基斯坦大使后曾专门对他作了礼节性拜会。那次拜会时我们谈得很投机，记得我告别时，他把自己一大叠著作赠送给我，我如获至宝。我喜欢向他请教问题，也请教过许多问题，受益匪浅。

我曾向他请教过罗兰古国和土火罗语的问题。我说，中国的古代史籍中和古诗中多提及古楼兰国，但这个古国突然从中国历史上神秘地消失了，这到底是什么原因啊？他说古楼兰国地处丝绸之路的枢纽，丝绸之路就是从楼兰分为南北两路，东西方的商品在这里交易，因此楼兰的位置十分重要，也因此楼兰国曾盛极一时。关于这个古国突然消亡的原因，众说纷纭，有战争、瘟疫等多种说法。但一般认为，气候变化，河流改道，湖泊移位，导致楼兰国严重缺水，人们不得不迁移他处，是楼兰国消亡的主因。关于吐火罗语，他说，吐火罗语曾在楼兰国使用，也在楼兰国周边的一些地方使用，随着古楼兰的灭亡，吐火罗语也逐渐成了死语言。但曾经存在过的一种语言是不会彻底死绝的，总会对其他的语言产生影响。就拿梵文来说吧，它现在已被认为是死语言，但它的不少语汇仍在今天的印地语甚至乌尔都语中保留着，吐火罗语也如此。据他了解，在今天的塔吉克斯坦仍有一个部族使用一种类似吐火罗语的语言，也许他们是当年被迫外迁的古楼兰人的后裔吧。

我曾就塔克西拉古迹是如何发掘出来的问题请教过他。我听人说过，塔克西拉古城遗址是英国考古学家根据中国晋朝高僧法显的《佛国记》和唐代高僧玄奘的《大唐西域记》的记载发掘出来的，我问他是不是真是那样。他说，这是真的，他青年时代就参与了塔克希拉的发掘工作，对这一点知道得很清楚。当年英国考古学家根据这两位大师的记载断定，在塔克西拉一定存在过古城，一经发掘，完全证实了他的判断。他还说，何止塔克西拉，南亚地区的不少佛教古迹，像曾是佛教最高学府的那烂陀寺等，都是依据他们的记载发掘出来的。他还说，你们的这两位大师是虔诚的佛教徒，也是伟大的旅行家，他们的记载，对今天的人们了解古代南亚的历史面貌，发挥的作用大了去了。正因如此，他们在南亚，至少在知识分子中，是家喻户晓的。

我还向他请教过关于白匈奴的问题。我说，历史上白匈奴是一个十分强悍的种族，曾在欧亚大陆称雄一时，并曾以今天巴基斯坦的锡亚尔科特地区为首都建立过一个匈奴王国，白匈奴人信拜火教，不信佛，打进南亚后对佛教造成很

大的破坏，但现在南亚没有一个叫白匈奴的民族，白匈奴人后来到哪里去了？达尼教授说，白匈奴人后来同土著民族融合了，成了今天南亚的拉其普特人。然后他诙谐地说，你看看我，也许我身上流着的正是白匈奴的血呢。在历史的长河中，这种民族融合是不乏其例的。我说，正是如此，我也告诉他，历史上在中国的北方有一个叫鲜卑的少数民族，也十分强悍，他们打进中原以后建立的王朝叫北魏。在北魏时期，佛教在中国得到大的发展。鲜卑人十分仰慕汉族文化，入主中原后主动汉化，改穿汉服，主动学习汉语，甚至改用汉姓，他们中的一支就改姓陆，我是陆姓，因此有可能我就是那支改姓陆的鲜卑人的后裔呢。我还对教授说，中国的主体民族是汉族，占中国人口的90%还多，汉族是中国也是全世界最大的民族，你研究中国历史就能发现，汉族是在历史的长河中，许多民族融合而成的一个民族。

我在巴基斯坦任大使期间，达尼教授发起成立了"巴基斯坦亚洲文明协会"，并任首任会长。达尼教授知道我对历史文化感兴趣，因此请我参加协会举行的活动，并请我当协会的外籍理事，对此我同意了，并且多次参加过他们举行的活动。达尼的一位学生正在他那里读博士学位，他的毕业论文就是中巴友好历史，因此达尼教授也请我读判这位学生的论文。真是良师出高徒，我读了之后觉得文章写得相当翔实，而且很有深度，于是作了肯定的评价，对此达尼教授很高兴，那位学生也顺利地拿到了博士学位。2010年"巴基斯坦亚洲文明协会"庆祝成立十周年，那时达尼教授已经去世，协会给一些有成就和有贡献的成员颁了奖，给我也颁发了"外交官终生成就奖"，那时我人在北京，已退休多年，协会请时任驻巴大使罗照辉代

笔者夫妇在木尔坦一古迹前留影

我领了奖,这份奖品至今陈列在我的书房里。

有一年,巴基斯坦历史协会联合外交部,为在伊斯兰堡的外交官举行历史文化旅游活动,在伊斯兰堡和木尔坦之间,实地参观历史文化古迹。我参加了那次活动,参观了许多名胜古迹,加深了对巴基斯坦历史文化的了解,觉得很有收获,沿途也受到各地群众的热情接待。巴基斯坦在很多地段都安排我国外交官讲话,表示感谢。那时达尼教授已八十多岁了,想不到他也不辞劳苦,陪同大家跑了一圈,并在一些重要的古迹场所,亲自为我们讲解,他的高度敬业精神,使我十分感动。

2003年中巴两国成立友好论坛时,达尼教授是巴方论坛最年长的成员,但他也认真地参加每次会议并发言。记得第二次"中巴友好论坛"会议是在北京举行的,在会议期间,我们曾给巴基斯坦代表团放映了一部关于敦煌石窟的纪录片,片中多处提到印度的犍陀罗艺术对敦煌的影响,达尼教授听

在历史文化游途中笔者同达尼教授（中）在一起

了以后很不以为然，他立即找到我（我当时是"论坛"的中方秘书长），说："你们这部纪录片口口声声说是印度的犍陀罗艺术，这不对，因为犍陀罗完全在今天的巴基斯坦，不在印度。"我简单地对他解释了一下，但内心想，纪录片的说法的确不妥，因为佛祖释迦牟尼是在印度成道和开始传道的，印度无疑对佛教做出了大的贡献，但释迦牟尼出生的地方不在印度，而在今天的尼泊尔，一个叫蓝毗尼的地方。印度对佛教的传播和发展作了大的贡献，但今天的南亚其他六国都对佛教作出了很多贡献，在今天巴基斯坦境内的犍陀罗地区对佛教在中国传播更发挥了独特的作用，因为到中国传教的高僧很多来自犍陀罗地区，今天佛教在印度已经基本消亡了，可在今天的斯里兰卡佛教仍是国教，因此我们的纪录片如果不说印度的犍陀罗，而说南亚的犍陀罗，除印度外的南亚国家就不会有什么异议了。从那以后我在讲话或写文章时，提到佛教时决不说印度的佛教，而用南亚的佛教的提法。

2004年，笔者陪同达尼教授游览长江三峡

　　达尼教授已离世多年了，但我常常想起他，他是我的良师益友，是我十分敬重的人，他永远活在我的心中。
　　谨以此文表达我对哈桑·艾哈默德·达尼教授的深切怀念。

友谊的金桥
——学习外语的经历和体会

2011年12月17日,根据中央领导同志倡议,在中央政策研究室指导下,由外交部翻译室组织编撰,有英、法、俄、日、阿拉伯、西班牙、意大利、罗马尼亚等9个语种,由世界知识出版社出版的《领导干部外事用语丛书》首发式在钓鱼台国宾馆举行,国务委员戴秉国为新书揭幕,外交部长杨洁篪宣读了江泽民同志为该书撰写的序言并讲话。《丛书》自即日起在全国发行。看到这一消息,我感到特别亲切和高兴,因为我从数十年的工作经历中深感外语的重要性,正如江泽民同志所说:"我国出版发行这一套丛书充分显示了党和国家对学习外语的重视,具有重要意义和极强的时代精神。"我从几十年的外交实践中深深体会到语言的重要,不仅学习通用语很重要,学习非通用语也很重要。不仅语言重要,学好语言所承载的文化也很重要。因为正如李岚清同志所说的:"文化交流是心灵的沟通",通过文化才能把外交做到心里去,外交的作用才能最大化。

下面我以自己的亲身经历和体会,说明无论是学习通用语,还是学习非通用语及其所承载的文化都是十分必要的,都是友谊的金桥。

周总理不仅重视通用语也重视非通用语干部的培养

此时，我首先想到的是我们敬爱的周总理。因为周总理高瞻远瞩，早就认识到，随着我国外交事业的日益发展，外语和外事干部起着不可替代的作用，最重视语言干部的培养。我国培养外语、外交干部的院校，像北京外国语大学（其前身为北京外国语学校、北京外国语学院）、外交学院等，无不都是根据他的指示，并在他的亲切关怀和指导下建立和发展起来的。我国许多知名的高翻，都受到他的言传身教，是在他的悉心关怀和指导下成长起来的。这里我要特别说到的是，周总理不仅重视通用语种干部的培养，也非常重视非通用语种干部的培养。

我很早就听说过这样的故事：20世纪50年代的一天，周总理接见一小国的代表团，外交部派了英语翻译，周总理为此很不高兴，问为什么不派客人国家语言的翻译，得到的回答是：还没有客人国家语言的翻译。周总理说，应该尽量使用客人国家语种的翻译，要尊重人家嘛！周总理自此决心大力培养非通用语种的翻译，并多次指示外交部采取具体措施，予以落实。外交部根据周总理的指示，多次派人到全国各大院校的通用语系挑选学生，把他们派出国或有非通用语系的院校（如北京大学），学习非通用语言。

我本人就是这样被选中的学生中的一个。1959年10月，我正在复旦大学英语系学习，被高教部调到北京培训，等待出国留学。高教部的同志告诉我，将把我派到印度学习乌尔都语。老实说，我当时对将要学习的语种连听都没有听说过。说来可笑，乌尔都三个字当时反映在我头脑中的是"捂耳朵"，心想"捂耳朵"也是一种语言啊！但是，我当时并没有因由通用语改学非通用语而不悦或者闹情绪，一点也没有。我是工人子弟，在旧社会出国留学是难以想象的，我只对国家的厚爱和悉心培养无限感激，而无任何挑剔之心。那时，我有一个异常朴实而坚定的信念，即：一切服从国家的需要，党叫我学什么就学什么，而且一定要学好。记得当年同我一批被调出来的学生很多，大约有二百来人，他们也大都像我一样，高高兴兴地改学非通用语，并且很快就陆续出国了。去印度和其他几个国家的学生，由于种种原因，一时不能成行，高教部又把我们送到北京外国语学院继续学习。1960年7月，我刚刚学完英语三年级课程并通过考试，就接到高教部的出国通知，四天以后就和魏渭康同学一起，踏上了去印度的旅途。

在印度，我们进了德里大学学习乌尔都文，校方开始派了两名教员，轮流给我们上课，后由一名专职教师上课。由于语言环境好，我们的进步还是相当快的。1962年7月，我们学完两年以后，转到使馆当学习员，任务也主要是继续学习乌尔都语。由于同年中印大规模的边境冲突爆发，我们于12月被撤回国内。我们回国后不到一星期，外交部就派我们去西藏，参加印度被俘人员的管理工作。印度作为英国曾经的殖民地英语比较流行，但下层群众包括一般士兵英语讲的并不好。可以想象，如果当时没有印地语和乌尔都语的翻译（这两种语言口语可通），对俘虏的工作是很难开展的。我刚学习的语言马上就大派了用场，这不仅是我用乌尔都语的第一次重要工作实践，对我巩固和提高学习成果，也起了重要作用。在此期间，我还由于"工作积极，成绩显著"，被记三等功一次，还给我发了奖状，我至今珍藏着。1963年6月，印度被俘人员遣返回国以后，我们回到北京。不久，外交部把我们派到外文出版社实习。一年后，中国同巴基斯坦签定文化协定，交换留学生，外交部又把我们派到卡拉奇大学进修乌尔都文。1966年7月，我们毕业后分别留在使领馆工作，从而正式开始了我们的外交人生。

我因为学习了乌尔都语，从此同友好邻邦巴基斯坦结下了不解之缘，因为乌尔都语是巴基斯坦的国语。我曾四次在巴基斯坦长驻，成了第一个懂巴基斯坦国语的驻巴大使。想当初，如果没有周总理关于培养非通用语种翻译的指示，我就不会学习乌尔都语，也就不会有我的外交人生，所以应该说是周总理决定了我的外交人生。这里我还要顺便提到的是，同我一批被调出来学习非通用语的同志，大多成了参赞、总领事、大使，他们现在都已退休多年，但一度是外交部的中坚力量。这也证明了周总理高瞻远瞩，在重视培养通用语种干部的同时，也重视培养非通用语种干部，是多么英明和正确。

我因周总理的指示而学习了乌尔都语，我还曾亲聆他要我学好的指示。

那是1965年4月，周总理出访回国途中顺访巴基斯坦。期间他到使馆（当时在卡拉奇）看望中国同志们，当时我正在卡拉奇大学学习，也赶到使馆列队欢迎周总理，当周总理走到我面前时，使馆领导介绍说："这是在这里学习乌尔都语的陆树林同志。"周总理立即说："好啊！"随后以慈祥而专注的目光看着我，问："学了几年了？"我把全部学习时间加起来，回答说："三年多了。"周总理听后说："好好学啊！"这是我第一次见到周总理，谈话很简短，却给我留下深刻的印象，成了我终身学习和使用乌尔都语的强大动力。

1965年4月2日，笔者（右1）在卡拉奇大学留学时与同学魏渭康（右2）在卡拉奇机场欢迎周恩来总理访巴

"我们爱听中国朋友讲我们的国语"

我因为学了乌尔都语，又懂英语，也学习了一些巴基斯坦的历史文化，因此，在巴基斯坦工作时，在语言上常有如鱼得水之感。

巴基斯坦的国语是乌尔都语，但由于历史的原因，英语仍很流行，而且是官方语言，在外交上主要使用英语，外交文书上更是要用英语。由于我的乌尔都语是通过英语学的，平时英语也用得较多，因此我改学乌尔都语以后，英语不但没有忘记，而且有所提高，所以我参加工作以后，英语和乌尔都语同时使用。我长期为总领事、大使当翻译，根据不同场合的需要，选择使用的语种。一般到外交部商谈问题，我大多使用英语，平时谈话我较多地使用乌尔都语，在群众场合则大多使用乌尔都语。我不当翻译自己讲话时亦是如此。巴基斯坦国家电视台有个惯例，即在建交国的国庆节，请该国大使到电视台发表讲话。在这种场合，无论是为大使当翻译，还是后来自己作为大使发表讲话，我都一律使用乌尔都语。我在长期的工作实践中体会到，虽然英语在巴基斯坦上层和知识分子中相当流行，但大部分人，特别是广大群众，还是喜欢别人用乌尔都语同他们交谈，他们认为使用他们的国语，就是对他们的尊重，这就从感情上拉近了同他们的距离。他们说："我们爱听中国朋友讲我们的国语。"

记得我第一次在巴基斯坦当翻译，是 1966 年陪同中国穆斯林学者代表团访巴。由于此前不久发生过印巴第二次战争，而在这次战争中，中国坚决支持巴基斯坦，巴基斯坦政府和人民十分感谢中国，我代表团成员又是中国的穆斯林，因此群众对代表团非常热情友好，加上我又是用乌尔都语翻译，因此在许多群众场合，团长、中国伊斯兰教协会会长张杰讲的每一段话，群众都热烈鼓掌，甚至高呼口号。有时我一开口用乌尔都语翻译，群众也鼓掌，表示对听中国朋友讲乌尔都语的欢迎，以致张杰团长感到奇怪了，说："我讲每一段话，他们都鼓掌，甚至我向他们表示感谢，他们也鼓掌，是不是这是他们礼节的需要啊！"我告诉他，这不是礼节的需要，并向他说明了原由，张杰团长才说："噢，原来如此。"

由于周总理重视使用来访客人的民族语言，我外交部在

巴基斯坦客人来访时也注意配备乌尔都语译员。记得1968年，巴外长侯赛因访华，陈毅外长举行欢迎宴会，冀朝铸同志担任翻译，但也把正回国参加"文化大革命"的我叫去备用，并且安排在主桌上。由于我第一次出席这样高规格的场合，显得有些局促不安，很少吃东西，这被冀朝铸发现了，他一边工作，一边两次给我夹菜，意思要我多吃。这位经验丰富的大翻译如此关心体贴我这个初出茅庐的小翻译，使我十分感动，我至今记忆犹新。

2001年5月，朱镕基总理访巴，我作为驻巴大使知道，如果他在群众集会上讲一两句乌尔都语，一定会大受欢迎，于是大胆地向他建议，在拉合尔市民招待会上讲话的最后一句"中巴友好万岁"，由他亲自用乌尔都语说。朱总理开始说："在语言方面我可没有总书记（江泽民同志）那样的本事啊！"我说："这句话很好学的。"朱总理同意了，要我用汉语拼音把这句话写出来，并跟我练了几遍。在大会上，当朱总理用乌尔都语喊出"中巴友好万岁"的口号时，他的话音还未全落，全场就掌声雷动。会后我对朱总理说："您这句乌尔都语讲得很准确。"朱总理高兴地说："还不是你教的嘛！"我也高兴地说："不敢当，不敢当。"

"诗人大使"

乌尔都文诗歌很发达，历史上曾产生过不少深受人民喜爱的诗人，他们的许多诗句脍炙人口，常被人们在言谈中引用或演唱。巴基斯坦立国思想的倡导者、备受巴人民推崇的大诗人伊克巴尔的有关中国的诗句,"沉睡的中国人啊,已在觉醒;喜马拉雅山的源泉啊,就要沸腾!"更是几乎家喻户晓,为巴基斯坦朋友津津乐道,我已记不清楚曾有多少人对我朗诵过这句诗。

巴基斯坦人酷爱诗歌,常常举办诗会,在过去没有广播、电视的时代,诗会更是最主要的文娱形式。诗会常常很热闹,一句妙诗念出或者唱出,台下观众立即一边摇头(巴基斯坦人以摇头表示赞赏),一边兴奋地高喊"哇哇哇,哇哇哇""赞美真主,赞美真主""再来一遍,再来一遍"。巴基斯坦朋友常能背诵许多诗句,你如果同一位朋友谈诗,他常常会兴头十足地一句连一句地给你背诗。我出任驻巴大使之后,一次回访母校卡拉奇大学,受到时任副校长(实为校长,因巴基斯坦大学的校长名义上都由总统或省督兼任)的热情欢迎。他在为我举行的宴会上,邀请了包括我的老师在内的不少客人朗诵诗歌,把宴会办成一场小型诗会。

巴基斯坦朋友喜欢对我谈诗、念诗,我也注意从他们的诗语中吸收营养,以提高我自己的表达能力,这使我受益匪浅。

例如,成语"班门弄斧"翻成外文很难,我一直找不到合适的乌尔都文译文。一天,在宴会桌上,一位朋友念了这样一句诗:"不要在太阳面前,炫耀自己的油灯。"我想这不就是不要班门弄斧的意思吗?如获至宝,于是立即记了下来。

又如,1999年10月的一天,我去拜会新任外长阿布杜尔·萨塔尔。我们是老朋友,他见到我,开口就是一句乌尔都文诗,翻译成中文可为:见到老朋友,赛过会神仙。我觉得这句诗很有用,就请他给我写了下来。

再如,谚语"只许州官放火,不许百姓点灯"很难翻译,

萨塔尔外长作为主宾出席驻巴使馆为庆祝中国收回澳门主权举行的招待会

照字面意思硬翻出来，也失去了中文的魅力。一天，也在宴会桌上，我听到一位朋友念了一句诗，翻成中文可为：我叹一口气，也要遭谴责，他们谋财害命，却逍遥法外。我想这不正表达了同上述谚语相近的意思吗，于是也记了下来。

我在工作中，遇到需要表达相关的意思时，就会想起从巴基斯坦朋友那里学来诗句，加以引用，常常收到意想不到的效果。

我因懂乌尔都语，对乌尔都诗歌也有一些兴趣，因此，常被邀请参加诗会或其他文学活动，有时被邀请上台讲话和念诗。起初，我念一些名诗人的诗句，后来我竟班门弄斧，自己也做起乌尔都语诗来。我的一句用"厄扎尔"形式写的讽刺美国等西方国家利用人权问题，干涉我国和巴基斯坦内

笔者夫妇在大使馆欢迎萨塔尔外长

政的诗句:"自己的庭院并不干净,干吗无端去打扫别人家的屋子?"竟在一定的范围内流传开来。

2001年是中巴建交50周年,两国都举行许多活动隆重庆祝。我想到前巴驻华大使扎基曾多次在北京举行诗会,邀请中国乌尔都语界朋友参加,我也多次应邀出席并朗诵过诗歌,于是想利用自己懂乌尔都语的优势,举办一场诗会,歌颂中巴友谊。我先把这一想法对萨塔尔外长和巴文学院院长阿里夫说了,他们立即表示完全支持。5月8日,在巴基斯坦文学院的大力支持下,诗会在使馆顺利举行,除了外长萨塔尔、内政部长海德尔作为主宾出席外,巴时任驻华大使考卡尔闻讯也主动赶来参加,二十余名巴基斯坦著名诗人和我馆几位懂乌尔都语的同志,朗诵了自己的诗作。

我自己除了讲话外,也朗诵了两首较长的诗,一首为《从故乡回故乡》，是我当参赞离任时写的；一首为《巴基斯坦故乡，我又回来了》，是我当大使到任后写的。诗会开得很成功，巴基斯坦媒体做了广泛报道，有的报纸还登载了我在会上朗诵的诗，有的报纸评论说，这是外国使节第一次在巴举行这样的活动，很有意义。巴基斯坦文学院还把诗会上的诗编辑出版了一本诗集。我离任回国时，有一位巴基斯坦朋友还把我登在报上的诗，用精美的镜框框好，作为礼物赠送给我。

我在1994年至1998年在特立尼达和多巴哥任职时，也因两首英文小诗而赢得"诗人大使"的称号。我来到该国后，有感于这个国家风光秀丽、民族关系比较和谐，用中文写了两首赞美绝句，一共才八句，当特多朋友问我对该国的印象时，我常用这两首诗的诗意作答，后来干脆译成有韵的英文

笔者在使馆为庆祝中巴建交50周年举行的诗会上朗诵诗歌，时任巴驻华大使豪哈尔（左1）、内政部长海德尔（左2）、著名诗人法拉兹、外交部长萨塔尔（右3）在座

诗。该国的一家英文杂志的主编知道后，把我的这两首诗要了去，连同诗的中文和我的照片，发表在他们为纪念印度人到达特多150周年的特刊上。我的朋友、特多外交部礼宾司长昌德拉·辛格告诉我，这本杂志曾作为宣传材料，发到特多驻外机构。从此，特多报纸报道关于我的活动时，常以"诗人大使"冠称。

我有时自己也感到很好笑和有趣。我虽然从小对诗歌感兴趣，但过去只在黑板报、墙报、校刊上发表过诗作。在国外长期工作的过程中，虽也写过一些诗，但都是为了抒怀和励志，没想拿到报刊上去发表，因此我在国内没有诗名。因为学了外文和工作需要，我不仅成了外交官，也在不经意中，在国外成了"诗人"，这是我始料未及的。

当然，我心里十分清楚，我在国外被称为"诗人"，不是我的外文诗真写得好，而是因为驻在国的人民对我用他们的本国文字写诗的尊重和厚爱。

我同巴基斯坦总统的"诗交"

我同巴基斯坦两任总统塔拉尔和穆沙拉夫的友谊，除了工作的原因之外，在一定程度上也有诗交的意味。

外国使节向巴总统递交国书，一般都使用英语，然而在我向塔拉尔总统递交国书时，他一开口就用乌尔都语对我说："我知道阁下能讲我们的国语，因此我今天不用英语而用乌尔都语同阁下谈话。"我们除了国书递交仪式上的"规定动作"外，还亲切而愉快地谈及诗歌、语言、文化和历史等话题，

递交国书后塔拉尔总统同陆大使亲切交谈

以致谈话远远超过一般这种仪式所需要的时间。

塔拉尔总统酷爱诗歌，他在接见中国代表团时，常喜欢引用乌尔都文诗句，来表达他对中国人民的深情厚谊。此时，他就面朝向我，意思是要我帮他翻译。记得他多次引用这样一句诗："朋友的美好形象，就在我心的明镜之中，稍一低头，就能看见。"他引用了这句诗后总还说："中国朋友就是我们心中这样的朋友。"当我把诗句译成中文而在场的中国客人反应热烈时，他会很高兴，有时还会说："这说明大使阁下把我的意思全翻出来了。"他在一次接见我国一青年代表团时，还引用过伊克巴尔"我热爱敢上九天揽月的青年"的诗句，也受到好评。塔拉尔总统见到我时，总用乌尔都语谈话，有时还会风趣地问一句："你的乌尔都诗怎么样啦？"

我同穆沙拉夫总统的诗交也始于一句"诗"。1999 年 5 月，

2000年4月，池浩田国务委员兼国防部长（右6）访巴时拜会塔拉尔总统（右5），受总统之邀前往总统府楼顶上欣赏风景并留影，右3为笔者。

还是陆军参谋长的穆沙拉夫应邀访华，我为他设宴饯行。宴会上谈及美国等西方国家用人权问题干涉别国内政时，我念了我写的上面已提及的那句诗，穆沙拉夫听后立即大加称赞，连连说这句诗写得好，并也跟着念了一遍。想不到他竟把这句诗记住了。2000年7月，唐家璇外长访巴，当时已任巴首席执行官的他会见并宴请唐外长。宴会上，他向唐外长称赞我的乌尔都语说得好，甚至诗也写得好，他随即念了我的那句诗，并要我翻译给唐外长听，唐外长听后说："这句话的意思不错。"

2002年3月23日，巴基斯坦国庆节，按惯例，由总统为各方面有贡献人士授勋。为表彰我长期为中巴友好所做的工作，巴政府也决定授予我"巴基斯坦新月勋章"。穆沙拉夫总统一边把勋章挂在我的脖子上，一边讲了不少感谢我的话，

2002年3月，穆沙拉夫总统授予笔者新月勋章

穆沙拉夫总统夫妇在中国驻巴基斯坦大使馆作客

最后还加了一句："也感谢你热爱我们的语言,并用我们的语言写诗。"

3月底,我向总统作辞行拜会时,将上面说到的关于诗会的书赠送给他,留作纪念,并告诉他,上面有我写的两首诗,他高兴地说:"太好了,这本书我一定珍藏。"

2003年,穆沙拉夫总统再次访华,我作为退休大使,应外交部邀请,出席欢迎宴会。宴会结束后他见到我,立即向我走来,一边同我拥抱,一边在我耳边悄悄地说:"我前几天还读过你的诗呢。"我后来想,也许他把我赠送给他的那本诗集一直放在他的案头了。

2009年4月,已不再担任总统的穆沙拉夫应我国外交学会之邀再次访华,我应邀出席欢迎宴会,在会上他还再次说到了我的诗的主题。

从上面的事实中可以看出,我同巴基斯坦两位总统建立了密切的友谊,我的乌尔都文是发挥了不小的作用的。

我的乌尔都语在特多也发挥了作用

1994年至1998年,我出任驻特立尼达和多巴哥大使。行前我想,特多远离南亚,是英语国家,我的乌尔都语大概没有什么用了。然而,事实并非如此。

原来,特多是个移民国家,130万人口中40%来自南亚,其中约15%又是穆斯林,因此有不少人懂一些乌尔都语。我到任后,按惯例首先拜会礼宾司长昌德拉·辛格。开始我们讲英语,后来当我介绍自己曾在印度和巴基斯坦学过乌尔都语时，他立即打断我的话，高兴地说："那我们为什么不讲乌尔都语呢？"他告诉我，他是印度移民的后代，曾在印度当过四年副高专，而且在那里娶了印度姑娘做夫人，因此平时在家里常讲印地语，或者说，乌尔都语。于是我们改用乌尔都语谈话。此后他每次见到我时大都讲乌尔都语，他的夫人也同我讲乌尔都语。从此这对夫妇成了我们的好朋友，我通过他们还结识了其他不少朋友。

我在特多通过乌尔都语结交较深的另一位朋友是前议长穆罕默德。他不仅能讲乌尔都语，还对乌尔都文学，特别对诗人伊克巴尔有所研究。我们除了别的问题，还多次谈过乌尔都语文学问题。

我因为懂乌尔都语，而且在巴基斯坦多次长驻，因此特多的穆斯林对我很感兴趣，常问我很多关于巴的问题，我也如实作答。因此我有时想，由于当时巴基斯坦在特多没有外交机构，我在特多既是中国大使，也成了巴基斯坦大使了。以后我回到巴基斯坦，在同巴基斯坦朋友谈到这段经历时，很高兴地对他们说，我在特多，未经任命，还当过你们的大使呢！

我列举上述故事和事实是想说明，无论是通用外语或非通用外语及他们所承载的文化，对我们开展外交是何等的重要，它们都是我们发展同各国友谊和合作的桥梁，而且不是一般的桥梁，是金桥。要搞好外交，就要首先打造好这座桥。去年9月，经外交部推荐，中国翻译协会授予我"资深翻译家"荣誉证书，这是给我这个长期学习和使用外语，特别是非通用外语干部的极大鼓励和嘉奖，也体现了中国翻译协会对非通用语的重视，我为此感到十分欣慰和荣幸。我也高兴地看到，我国现在的外语事业已比过去大为发展了，就拿我的两个母校复旦大学和北京外国语大学来说,现有语种比我学习的时候多多了。

我学习乌尔都语时,北京外国语大学还没有乌尔都语专业,现在也有了。20世纪80年代,外交部从外语学校招了几名学生学习乌尔都语、孟加拉语和普什图语,当时这些学生还有不少思想问题,认为学非通用语没有什么前途,干部司为此曾叫我去给他们现身说法,做他们的思想工作,现在听说,这些专业也很受欢迎了。我相信,随着我国对外交流交往日益发展,我们的外交和外语事业将相互促进,我们的"金桥"将会越来越宽阔,越来越辉煌!

(2012年)

青春万岁
——对伊斯兰堡政府学院"蓓蕾诗社"学生们的讲话

尊敬的院长先生,

尊敬的扎法尔·阿克巴尔阿巴地先生,

乌穆朗·纳克维诗社社长同学,

各位老师和同学:

你们好!

今天我来参加你们的诗会感到十分高兴,因为从中我获得了欣赏你们充满青春朝气的诗作的机会。正如中国人民的伟大领袖毛主席1957年在莫斯科对中国留学生说的,"世界是你们的,也是我们的,但归根结底是你们的。你们青年人朝气蓬勃,正在兴旺时期,好像早晨八九点钟的太阳。希望寄托在你们身上。"青年人的诗歌朝气蓬勃,充满青春的芬芳,使我这个快进入老年的人感到自己仍十分年轻,好像自己已经度过的青春岁月又重新回来了,因而感到异常高兴,就像乌尔都成语说的——"心变成大花园"了。为此,我对你们的盛情邀请表示衷心的感谢!也对转达邀请的扎法尔先生,我的老朋友,表示衷心的感谢!

你们还请我当主宾。我想你们这样做，不为别的，就是因为我是中国人，是中华民族的人，是中国的外交官，你们这样做，是表达了你们对中华民族的敬重，表达了你们对中国人民的深情厚谊。不过说真的，我作为主宾坐在这里，也感到不安，因为你们也许真把我当诗人了，把我当成大诗人了。其实我还不是诗人，是一名普通的外交官。诗人是崇高的称谓，我还不够格。我只是喜欢诗，也喜欢乌尔都文诗，有时为了表达感情，也喜欢做几句诗，包括用乌尔都文做诗（如果称得上诗的话）。我从使馆来这里的路上，突然想到，既然是来参加诗会，就不能没有诗啊，于是就在路上，临时以"青春"为题，凑了几句，只为表达对青春的赞美，不怕献丑，献给大家，请大家不要见笑。

青　春

青春是什么？
青春是火，是光。
青春是什么？
青春是春的召唤，
是绿的芬芳。
青春只属于
心中有绿色的人。
青春只属于
心里有春天的人。

青春不属于

感情冷酷的人。

青春不属于

内心黑暗的人。

有的人年轻，

但他们从心里已经老了。

有的人老了，

但他们从心里仍然年轻。

也许大家会问，你为什么爱诗、做诗？我的回答是，为了抒怀励志。中国有一句老话，即"诗言志"，诗是心声。我曾经做过这样两句诗：

明月古今无家宝，红梅终始有华颜。

人间自有真情在，诗为心声万古传。

诗表达的是诗人的"志"，诗人的意志和情感，是他的心声。一个好的诗人，他的心声也往往是人民、大众的心声。你看，就在南亚人民为摆脱殖民主义的奴役，为民族的独立解放而奋斗的时候，伟大诗人阿拉玛·伊克巴尔唱道：

嗟来之食使人失去尊严，

吃嗟来之食，还不如死掉；

雄鹰的天空，是雄鹰的天空，

昆鸡的天空，是昆鸡的天空。

他们的天空，是如此不同。

在 20 世纪 30 年代，当中国人民为自己的独立解放而浴血奋战的时候，这位大诗人又唱道：

沉睡的中国人啊，已经觉醒，
喜马拉雅山的源泉啊，已在沸腾！

上面这些诗句反映的不仅是诗人个人的心声，而是人民大众的心声，也就是时代之音。伊克巴尔的激动人心的诗篇对正在奋斗中的人们是一个多大的鼓舞啊！这样的诗也就成了诗史。写出如此诗歌的诗人会受到人民持久的尊敬和爱戴。这也是为什么伊克巴尔已逝世 70 多年了，今天仍受到巴基斯坦人民乃至整个南亚人民的高度尊崇，被授予"民族诗人"和"东方诗人"的崇高称号，特别是巴基斯坦人民每年都隆重纪念他。我个人以及读过他的诗篇的中国人也都是非常爱读他的不朽诗篇的，他的诗篇也愈来愈在中国流传了。

人活在世上要吃饭，要穿衣，这些是物质需求，同时人也需要精神食粮，甚至更需要精神食粮。如果没有精神食粮，人就会变得空虚，甚至会误入歧途，成为坏人，而好的诗能使人振奋，勇往直前。诗就是精神食粮。现在我们中国正在大力发展经济，建设物质文明，同时也在大力建设精神文明，就是这个道理。这就是中国人民现在的领导人邓小平说的，物质文明建设和精神文明建设两手抓，两手都要硬。

同学们，你们成立诗社，进行诗歌创作，举行诗会，就是在进行精神文明建设，是有重大意义的。你们把自己的诗社叫"蓓蕾诗社"，这个名字取得好啊，因为世界上任何大树都是从蓓蕾开始长成的,任何大诗人都是从小诗人开始锻炼成的。你们都非常年轻,我相信,经过努力,你们中一定会出现新的阿米尔·胡斯洛,新的米尔·塔基·米尔,新的哈利勃,新的伊克巴尔(上述提到的,都是乌尔都文历史上的大诗人)。

青春万岁!

祝你们成功!

谢谢大家!

(1992年)

注:1992年,我在驻巴基斯坦使馆任政务参赞。一天,我的朋友巴基斯坦《黎明报》总经理、诗人扎法尔先生邀请我出席伊斯兰堡政府学院学生的"蓓蕾诗社"的诗会,并当主宾。这是我在诗会上的讲话。行前我曾为讲话准备了提纲,但未写成书面稿,我的讲话是即席的。但在"蓓蕾诗社"后来寄给我的为那次诗会出的特刊上,我惊异地发现,我的讲话被全文刊登了,估计他们对我的讲话进行了录音。我迄今保存着这份特刊,这篇讲话就是我根据这份特刊译出和整理的。

在《首脑之间——中美建交中的巴基斯坦秘密渠道》（英文版）首发式上的讲话

尊敬的 F.S. 艾贾祖丁先生，

威廉·B·米兰 大使阁下，

女士们、先生们：

今天应邀出席我的朋友艾贾祖丁先生的著作《首脑之间——中美建交中巴基斯坦秘密渠道》首发式并发表讲话，我感到十分高兴和荣幸。首先我借此机会对艾贾祖丁的新书出版发行，表示热烈而诚挚的祝贺。

这是一本有意义的书。我们知道，在 20 世纪 60 年代末和 70 年代初，经过巴基斯坦的协助，中美两国之间正悄悄发生一些重要而敏感的事情。这些事情在当时是绝对保密的，而一旦公布，整个世界都会为之震动。今天这已成为传奇。离开白宫以后，无论尼克松先生还是基辛格先生，故事的两个重要角色，都在他们各自的回忆录中记叙了此事，中国的学者和历史学家也写过不少文章和评论。现在由于艾贾祖丁先生的努力，有了一本关于这一历史事件的专著。我觉得这本著作是值得高度关注的。我这样说，并不是我完全同意此书的全部细节和观点，事实上当我阅读此书时确已发现一些我不同意的地方，为此我将同作者进行讨论。这本书是作者以中美秘密外交的中间人、时任巴基斯坦总统的叶海亚·汗个人保存的49份有关文件为基础，结合美国已解密的档案文件，并通过采访有关直接当事人而写成的，因而是有特点的，可以帮助读者从更多的细节和更多的角度理解这一历史事件。

当我阅读这本书的时候，总是思考一个问题，即在那一段时间里发生的这一事件的重要性何在，以及我们可以从中学习哪些历史经验？其重要性是很明显的，因为其结局是中美之间关系走向缓和。大家知道，在此之前，由于共知的原因，中美之间的关系总是很紧张的，而在此之后，世界看到的是：1972年尼克松总统对华进行了历史性的访问；1979年中美建立外交关系；1997年江泽民主席访美时，中美建立建设性的战略伙伴关系；现在，中国是美国的第四大贸易伙伴，而美国是中国的第二大贸易伙伴。这就是说，在这个事件之后，中美关系走上了全新的阶段。当我阅读这本书的时候，我国宋代大诗人陆游的一句诗总闪现在我心里，即：

山重水复疑无路，
柳暗花明又一村。

我们可把这句诗译为英语：

Mountains multiply, streams double back
—I doubt there is a road,

Willows cluster gracefully, blossoms shine brightly —another village ahead.

　　我想，当回眸 20 世纪 60 年代末和 70 年代初发生的历史事件时，我们得到的重要启示是，敌对和对抗只能把两个国家导向"山重水复疑无路"的困境，而只有对话（无论是直接的还是间接的）、友谊和合作，才能把两个国家导向"柳暗花明又一村"的佳境。世界上的国家，包括中国和美国，意识形态、价值观念、社会制度可以不同，可以存在争端，但如果相互尊重和包容、平等对话、相互合作，他们前面就会有许多许多"柳暗花明"的美丽村庄，而如果相互敌对和对抗，就只能不断地陷入"山重水复"的困境。

　　这里我还想提的重要一点是：作为中美两国共同的朋友和中美秘密接触的渠道，巴基斯坦做得很好。诚如中国已故总理周恩来生前多次指出的，巴基斯坦是中美之间的一座桥梁，在中美和解方面发挥的桥梁作用是值得称道的。正如中国的老话说的"不能过河拆桥"，所以我们在回顾中美关系的进程时，应对架构中美之间的桥梁——巴基斯坦表示感谢，不应忘却他们的重大贡献，不能忘记我们的桥梁。

　　是的，我们绝不会忘记。

　　谢谢大家！

（2000 年 10 月 31 日于巴基斯坦国家图书馆）

热烈祝贺《费兹全集》中译本出版

经过7年的艰苦努力，张世选先生终于把巴基斯坦著名进步诗人费兹·艾赫默德·费兹的诗歌全集全部翻译成中文，并且很快就付梓了。此时此刻，我内心感到由衷的高兴，热烈地表示祝贺。因为费兹先生不是一般的诗人，而是具有代表性的大诗人，他的著作已被巴基斯坦人民视为经典，翻译出版这部书是为中巴之间的人文交流做了一件大好事。另外，就我所知，在中国出版一位乌尔都语诗人的全集还是首次，翻译出版这部书还有开拓性的意义，将对我国翻译出版非通用外语优秀文学作品，发挥推动和引领作用。

此外，我还必须对此书的译者张世选先生翻译这本书所表现的勇气和毅力，表示由衷的钦佩。因为我知道，诗歌的翻译是不容易的，我本人也是从青年时代就开始学习乌尔都语并长期用乌尔都语工作的人，并且也喜欢乌尔都文诗歌，也读过一点并喜爱费兹先生的诗作，何尝不想自己翻译费兹先生的作品，并介绍给中国读者。但是我知道诗歌翻译很难，大不同于翻译其他形式的文学作品。要完全读懂一首诗，进入诗人的内心世界，必须熟悉诗歌语言赖以表达情感的许多象征和意象，一想到这，我就没有勇气下决心做这件事。现在张世选先生终于把这一艰巨的任务完成了。

张世选先生是我多年的朋友，长期从事乌尔都文翻译和教学工作，曾任《人民画报》（乌尔都文版）主编和中国传媒大学和北京外国语大学的客座教授，为我国外宣事业和培养乌尔都语人才，作出了宝贵的贡献。就我对他的了解，由他来担此重任也是最合适不过的，因为在中国的乌尔都语界，他是对乌尔都语诗歌研究了解最多，对乌尔都语诗歌的格律和表达意象了解最多的学者。他本人也是诗人，不仅是汉语的诗人，也是乌尔都语的诗人，而且在巴基斯坦诗坛享有盛誉。记得我在驻巴基斯坦大使馆任政务参赞时，就两次应邀参加过巴文学界为他访巴举行的诗会，聆听过他朗诵乌尔都诗歌和目睹过他的诗受赞赏的盛况。1999年我出任驻巴基斯坦大使后不久，在一次外交活动上，一位年轻人问我："阁下，你知道不知道，中国也有一位乌尔都语诗人吗？"我问："你是不是指英迪哈布·阿拉姆（张世选的乌尔都笔名）？"他说："就是他，就是他。"我问："你喜欢他的诗吗？"答曰："很喜欢！"我告诉他："我不仅知道他，他还是我的好朋友呢！"我任驻巴大使后礼访巴基斯坦文学院主席阿里夫，谈话中他也提到英迪哈布·阿拉姆和他的诗作，并高兴地告诉我，巴文学院已出版了他的乌尔都语诗集《痴情集》。我告别时阿里夫赠送我不少文学院的出版物，其中就有《痴情集》。后来我还了解到，张世选一次应邀访问巴基斯坦时，巴方还在他下榻的旅馆打出"张世选，我们的诗人"的大幅标语。这些都说明张世选和他的乌尔都语诗歌在巴基斯坦受欢迎的程度，直到现在，巴基斯坦旅居海外的侨民几乎每年都邀请他出席他们举办的诗会等文学活动。

我在巴基斯坦长期学习和工作的过程中，深感巴基斯坦人民喜爱诗歌，也异常尊重诗人。他们最推崇的诗人无疑是巴基斯坦立国思想的倡导者诗人哲学家阿拉玛·伊克巴尔。如果你问伊克巴尔之后谁是最受尊崇的诗人，那么很多人就会说是费兹·艾哈默德·费兹。我早年在印度和巴基斯坦留学时就听老师讲过费兹，后来在巴基斯坦长期工作的过程中更感到费兹的一些诗句常被人们在文章中和日常谈话中引用。

有一件事很值得一提。2001年是中巴建交50周年，为了庆祝这个两国人民共同的节日，两国政府和人民都举行了一系列庆祝活动。受巴基斯坦前驻华大使阿克拉姆·扎基先生常在北京举行诗会的启发，我利用自己懂乌尔都语的有利条件，突发奇想，想在使馆举行一次歌颂中巴友谊的诗会，我的想法受到巴时任外长阿布杜尔·萨塔尔和巴文学院院长阿立夫的赞赏和大力支持，在文学院的大力配合下，诗会成功举行，20多位巴著名诗人应邀出席并朗诵自己的诗作，我本人和使馆的乌尔都语干部也都朗诵了自己的诗作，后来，巴文学院把会上朗诵的诗歌收集起来以《巴中友谊万古长青》的书名予以出版。有意思的是，这本诗集的开篇是费兹的一首赞美友谊的诗《祈祷》。我的诗会是2001年举行的，而费兹先生早在1984年就离世了，不可能参加我的诗会，然而巴文学院仍把费兹的作品加在这本诗集里，并且作为开篇，他是未出席我的诗会但仍有诗作被收集到这本诗集的唯一一人，这也正显示了费兹在巴诗坛的重要地位和巴基斯坦人民对他的偏爱。

我本人同费兹先生只见过一次面，那大概是在1983年，那时我是使馆的一等秘书，主要任务是为大使当翻译。那一年王昆女士率东方歌舞团应邀到巴基斯坦访问演出，巴方邀请费兹作为巴方的主宾出席开幕式。巴方将他介绍给我时任驻巴大使徐以新，他们进行了友好的谈话，我为他们翻译。我早就知道费兹是巴倍受尊敬的著名的诗人。我也知道，在中苏对立和大论战的年代，前苏联曾授予他"列宁文学奖"，但我也知道，他除了在 20 世纪 50 年代访华时写过赞美中国的诗之外，从未发表过任何不利于中国的只言片语。他是我尊敬的一位诗人，记得我当时对他说过"很高兴认识您"的话，但当时作为翻译不便同他多交谈，但内心深处，也真想同他多谈谈，向他请教一些问题，发展个人友谊。然而不幸的是，不久他就离世了，这是我感到十分遗憾的事。

现在经过张世选先生的努力，费兹先生的作品将很快同中国读者见面了，我们的友好之邦巴基斯坦的这位大诗人和他的优美动人的诗句，将被更多的国人所了解，所欣赏。诗为心声，读他的诗，对我们了解巴基斯坦朋友的精神世界将是大有裨益的。习近平主席多次引用古人的话说，国之交，在于民相亲，我相信出版发行费兹诗歌全集的中文版，将对进一步增进中巴之间民相亲，发挥独特的积极作用。

（2019 年）